しびれ雲

ケラリーノ・サンドロヴィッチ

論創社

目次

しびれ雲

登場人物

フジオ（年齢不詳）……記憶喪失の男。
石持《いしもち》波子（39）……故・石持国男の未亡人。
石持富子《とみこ》（21）……波子と国男の一人娘。
門崎《もんざき》千夏《ちなつ》（35）……波子の妹。
門崎文吉（43）……千夏の夫。

佐久間一介《いちすけ》（48）…国男の同窓。ケーキ屋。
占部《うらべ》新太郎（48）…同。内科医。
菊地柿造《かきぞう》（48）……同。スナック「そらみみ」のマスター。

縄手万作（30）……文吉の仕事場の後輩。
縄手やよい（24）…万作の妹。

石持一男（73）……石持家の主。国男と竹男の父。
石持竹男（52）……石持家の長男。国男の兄。
石持勝子（50）……竹男の妻。
石持伸男《のぶお》（26）……竹男と勝子の息子。

坊主
舟に乗る女性
婆さん
権藤
輝彦
奥さん
女中

■時——昭和十年（一九三五年）頃と思われる。

■場所——海（おそらくは瀬戸内海）に囲まれた、三つの村から成る孤島「梟《ふくろう》島」の、
海辺近くと、いくつかの家の内部。その他。

第一幕

1

石垣を隔てて、向こうには海が広がっている場所。遠く、灯台が見える。流木や、打ち捨てられたかのようなべか舟が転がっている。下手に民家。
石垣の上は島を周回する道路で、舞台を横切るように走っている。

秋の日の午前。穏やかな波の音。
喪服姿の門崎千夏《もんざきちなつ》（以下、チナツと表記）が、石垣の上の道を上手から小走りにやって来て、石段を下り、下手の民家の扉（引き戸）を開ける。

チナツ　（中に向かって）ごめんください。
万作の声　はい。

寝巻姿の縄手万作が姿を見せる。

万作　ありゃ、チナツさん。

チナツ　（笑顔を作り）おはようさん。

万作　おはようさん。

チナツ　来とる？

万作　来とる来とる。（中へ向かって）文《ぶん》さん、奥さんだり！

チナツ　ごめんちゃいね、いつもいつも。

万作　ええんだり。あん人ゆんべは今夜は帰るて言うてたんだりが、やよいの奴とすごろくがやってアハハアハハ笑っとんなぁ思うてたら、いつん間にか寝こきくさってて。

チナツ　すごろく。

万作　すごろく。

チナツ　ごめんちゃい。

万作　ええんがっさ。

チナツ　あ、これ梅干しだり。去年漬けたやつ。（と風呂敷包みを差し出す）

万作　（受け取って）ありがとさん。（チナツの服に気づき）え？　喪服？　おしゃれ？　喪服？

チナツ　国男さんの七回忌がっさ。

万作　国男さんて誰？

チナツ　お姉ちゃんの旦那さんだり。
万作　ああ、そん国男さん。もうそんがらなるだりか……。
チナツ　うん……。
万作　ずんばら最近のことに感じるに……。
チナツ　うん……。
万作　そうだりか……（ハタと）え、じゃあ文さん、こんがとこであんがらしとる場合じゃないがっさ。
チナツ　まだちぃとは時間がらあるだりが……
万作　ああ、ほいじゃあがりくさってお茶がら飲んでいくがええだりよ。
チナツ　そんだら余裕はないんがっさ。
万作　そうか。知っとるんよね？　文さん。
チナツ　なにを？
万作　今日国男さんの七回忌て。
チナツ　知っとるよ。
万作　うん。（家の中へ、大声で）文さん！　奥さん、チナツさん来たがっさ！（誰に言うでもなく）朝飯が食ってまたもや寝くさっただりかな……？
チナツ　万作ちゃん。
万作　なん？
チナツ　（窺うように）文吉さんあたしんことなんがら言うとった？

万作　……いんや。なんがらって？　悪口？
チナツ　とか……
万作　陰口？
チナツ　とか……
万作　言うとらんだり。
チナツ　そう……。
万作　言うとらんよ、悪口なんか……。
チナツ　そう……。
万作　言うとらん言うとらん。
チナツ　わかっただり。
万作　うん。

万作の妹のやよいが家の中から出てくる。

やよい　（チナツに）あ、おはようさん。
チナツ　おはようさん。お仕事？
やよい　はい。
チナツ　行ってらっしゃい。
やよい　行ってきます。

万作　おう。
やよい　（万作に）今夜ちぃと遅くなるだり。
万作　なんで。
やよい　お兄ちゃんには関係ないがっさ。行ってきます。（と出て行く）
万作　関係ないておまえ、
チナツ　（呼び止めて）やよいちゃん。
やよい　なん？
チナツ　背中。
やよい　背中？

やよいの背中に何か手書きの文字が書かれた紙が貼られていたのだ。
チナツ、貼られた紙をはがしてやる。

やよい　ありがとさん。（紙に書かれた文字を読みあげて）「朝寝坊、寝言言います」。（呆れたように）文ちゃん……。
チナツ　あん人が？
やよい　（むしろ嬉しそうに）やられたがっさ……。
チナツ　ごめんちゃい。
やよい　ええんだり。（少し戻り、家の中に向かって、嬉しそうに大声で）バカチン！（で誰に言

9　しびれ雲

万作　うでもなく）行ってきます。（行く）

（その背に）何でが遅くなるんだり？　理由が言え理由！　何時になるんが⁉　やよい！

やよい、（石垣の上の道を）行ってしまった。

チナツ　……。
万作　まったく……。
チナツ　……。
万作　（家の中を振り向いて）なんしとんだりあん人。（大声で）文さん！（チナツに）ちぃと待ってて。
チナツ　うん。あ、万作ちゃん。
万作　なん？
チナツ　こいに着替えて来るよう言うてもらえるだりか？（と文吉の喪服を）
万作　あ、うん。（と受け取り、再び大声で呼んで）文さん！
チナツ　ごめんちゃい。
万作　文！

万作、家の中へと去った。

チナツ　……。

波の音。
べか舟の陰から、男（後にフジオと呼ばれる男）の「んがああ……」とかいう呻き声がする。

チナツ　？

チナツ、声がどこから聞こえたかわからず、キョロキョロする。

チナツ　……。

石垣の上の道を、やはり喪服姿の佐久間一介が来る。

佐久間　（チナツに気づいて）チナツちゃん……？
チナツ　……あ。
佐久間　久しぶり。なんがらしとるだり。
チナツ　文吉さんを。

佐久間　（よくわからぬが）ああ……。

チナツ　今、佐久間さん「んがああ」て言いよりましたか？

佐久間　（面食らって）なんて？

チナツ　「んがああ」て。

佐久間　わしが？　言ったかな……うん、言ったかな。

チナツ　ああ。（安堵する）

佐久間　行かんの？

チナツ　行くだりよ。だけんが今文吉さんを……。

佐久間　急がんと、九時半がらよね？

チナツ　十時半だり。

佐久間　ありゃ。九時半じゃなかった？

チナツ　十時半だり。

佐久間　なんじゃら。（ひどく悔しそうに）てっこり九時半からだ思いくさりこんで朝飯食わんできたがっさ。ありゃ、食や良かっただり。

チナツ　ごはん、お寿司がらなんがら出るだりよ。

佐久間　うん出たら出たで食うだりが……なんじゃら……（腕時計を見て）ほんだらがそこいらへんがらウロチョロするだりか……。

佐久間、踵を返す。

チナツ　どこ行くん？
佐久間　わからん。あとでね。
チナツ　はい、あとで……。

佐久間、来た方へと去って行った。

チナツ　……。

波の音。
再び、べか舟の陰から男の呻き声。「んむぅ……」。

チナツ　!?

チナツ、再びキョロキョロする。

チナツ　……。

石垣の上の道を、やはり喪服姿の石持波子（以下、ナミコと表記）が、佐久間が戻って行ったのとは反対の方向から、せかせかと来る。

チナツ　お姉ちゃん……。
ナミコ　チナツ⁉　なんがしとんだりこんがらとこで⁉
チナツ　文吉さん迎えに来たんだり。お姉ちゃんはどこが行くんよ？
ナミコ　どこってあんたんちよ。
チナツ　なんでよ。
ナミコ　あんたが来よらんからだりよ。お姉ちゃん心配で心配で――チナツ「一時間前には行くよぉ」言うてたでしょ？　もうじきがら九時半だりよ。
チナツ　ごめんちゃい、だけんがギリンチョ一時間前には着くがっさ。
ナミコ　ギリンチョて、九時半の一時間前は八時半だり。
チナツ　十時半の一時間前は九時半がっさ。
ナミコ　法事は九時半からだり。
チナツ　十時半じゃないん⁉
ナミコ　九時半だり！　今もうお坊さん来とるんよ⁉
チナツ　あっりゃあ。
ナミコ　あっりゃあじゃないだり。ばりんこ急がんと。文吉さんは？
チナツ　今喪服に――。どんがらしよう。
ナミコ　なんがよ。

15　しびれ雲

チナツ　たったら今「十時半がら」て言っちゃったがっさ。
ナミコ　誰に。
チナツ　佐久間さん。たったら今会《お》うたんだり。
ナミコ　佐久間さん？　ほんだら佐久間さんなんて？
チナツ　なんがわからんが引き返して行きくさりがっさ。
ナミコ　なんで？　戻りくさったんお宅に？
チナツ　本人も「どこがら行くもんかわからん」て。
ナミコ　（ひどく驚いて）わからんの⁉　佐久間さん御自身が⁉　御本人なのに⁉
チナツ　わからんて。
ナミコ・チナツ　……ありゃあ……。
ナミコ　お坊さん南無南無言い始めちゃうがっさ。どんがらしよう。
チナツ　だけんが、佐久間さん一人っくらいおらんでもね。
ナミコ　駄目よぉ！　チナツ知っとるでしょう⁉　佐久間さんが昔っから国男さんのいの一番の親友だりよ⁉
チナツ　いつもがら喧嘩がしとったがっさ。
ナミコ　仲良いからよ喧嘩がしたんは。
チナツ　学生時分、お姉ちゃんことがとり合って殴り合いがらしたて聞いただりよ。
ナミコ　え……（顔を赤らめて）誰が言ったんだりそんがらこと。菊地さん？
チナツ　占部さんだり。

ナミコ　あん人は、お医者さんがクセに風船みたいに口が軽うて……。昔んことよ……。

チナツ　昔んことよ。

ナミコ　……どんがらしよう。

万作の家の扉がガラガラと開き、寝ぼけ眼《まなこ》の文吉が、寝巻きのまま姿を現す。

文吉　ありゃ。義姉《ねえ》さんもおっただりか。

チナツ　（ギョッとして）なんで着替えとらんの……⁉

文吉　今着替えるだりよ。おまえだけがら思うて。（ナミコに）ごめんちゃい義姉さん。

ナミコ　ええけど急いで。

文吉　はあ。

チナツ　時間がないんだりよ！

文吉　十時半からよね？

チナツ　九時半だり！

文吉　え⁉　おまえ十時半からて——

チナツ　（叱りつけるかのように）そいがらあたしが時間がら間違えて伝えたんだりよ！

文吉　ええ……⁉

ナミコ　もうちぃと申し分けなさそうに言わんねチナツ。（文吉に）ごめんちゃい。

文吉　いんえ、とっくに慣れとるんで。

チナツ　なんで着替えとらんのよぉ……！
ナミコ　お姉ちゃん先戻っとるね。
チナツ　そうして。

ナミコ、石段を上がる。
文吉は万作の家の中へ戻って行く。

ナミコ　早くね。
チナツ　うん。

ナミコ、石垣の上の道を、来た方へと去って行った。

チナツ　……。

波の音。

文吉　（また現れて）なぁ。
チナツ　……なんでがら着替えんのよ……？
文吉　……実は、ちぃと痛むんだり。

チナツ　胃袋だりか？
文吉　うん……ちぃとしんどいんがっさ。
チナツ　へえ……。
文吉　なん？　疑っとるんだりか？　ほんだらよ。ゆんべがらキリッチョキリッチョ。
チナツ　(嫌味で)……すごろくがしとる最中からだりか。
文吉　(とくに動揺も怒りも見せず)ん、うん。ちくしょ、いててて……(しゃがみ込む)
チナツ　(さすがに心配になり)薬が持っていかんからがっさ……。
文吉　うん、財布ん中入っとる思うたら飲み切っとっただり。
チナツ　「胃袋がら荒れくさっとって消化のええもんしか食べれん」て言わんね。
文吉　うん……。
チナツ　(粉薬の包みを一つ出して差し出し)はい。
文吉　ありがとさん……。(と受け取る)
チナツ　なんでキリッチョキリッチョきとるんにすごろくなんがらやりくさるんだり。帰って来んね。
文吉　そうなんだりが、やよいが——万作ん妹が「もうちぃともうちぃと」言うて聞かんがっさ……。
チナツ　……。
文吉　(チナツの表情を見て)なんがね……。
チナツ　(冷たく)早く飲んで着替えてください。

文吉　うん……。だけんが俺はほら、国男さんとは会うたこともないしな……。

チナツ　お坊さんの南無南無聞くだけだりよ。小一時間で終わるがっさ。

文吉　（歯切れ悪く）うん……。

チナツ　なん？　そんがら面倒臭いん？　お姉ちゃんの旦那さんだりよ？

文吉　面倒臭くなんかないがっさ。痛いんだり。伺ったはええけどずっとがら「痛いよぉ痛いよぉ」言うとったらあちらさんも御迷惑やろ？……痛くてちぃとも眠れんかったがっさ。

チナツ　おおげさだりよ……。

文吉　なんでわかる……。

チナツ　わかるだり……。

文吉　チナツ。

チナツ　なん？

文吉　おまえには、思いやりてもんがら欠落しとるよ……。

チナツ　……しとらんよ。

文吉　しとるよ……ないとは言わんだり。言わんけど、ちぃと欠落しとる。

チナツ　しとらんて。

文吉　しとるんだり。本人にはわからんのよ。

チナツ　……。

文吉　しょうがらないだり……そんがら女を選んだんは俺なんだりがら。

チナツ　……。
文吉　不思議なもんで、五年前にはそんおまえん思いやりの欠落が、他ん女にはない個性ちゅうか、魅力ちゅうか、そんがら風に見えくさってたんだりね……俺ん心ん目ん玉がらへっちゃげてたんがっさ……。言うてみれば
チナツ　（遮って）言うてみらんでええよ……。
文吉　……。

万作、家の中から出てくる。

万作　なんがしとんのあんた方。行かんの？
文吉　（イラついて）行くだり！　水！
万作　水？
文吉　薬飲むんだり胃袋ん、ええ、自分でやるだり！（と家の中へ向かう）
万作　文さん着替えくさらんと。
文吉　着替えるわい！（声を潜めて）余計んことが言うなこんイボギツネ……！
万作　なんがね余計なことて。
文吉　すごろくがらなんがら。
万作　ああすごろく。（釈然とせぬが）ごめんちゃい。
文吉　（チナツにあてつけるように）胃袋ん痛い人間はすごろくなんがらやりくさるな言われ

万作　たがっさ……。
ごめんちゃい。

文吉、家の中へ戻って行く。

万作　（苦笑しながらチナツに）叱られちゃったがっさ……。イボギツネて。初めて呼ばれただり。なんがばりんこ新鮮がっさ。（嬉しそう）イボもキツネもどこがらきたんがら……ハハハ。

チナツ　万ちゃん。
万作　はい。
チナツ　文吉さんに、「法事にはもう来んでええがら」言うといて。
万作　え、なん？
チナツ　「こん家に何泊でも好きんだけ泊まるがええよ」て。
万作　迷惑だりよ、そいはさすがに。
チナツ　これ、胃袋ん薬。（と薬の包みを）
万作　え、わしの分？
チナツ　違うだりよ、あん人んだり。七、八袋入ってがっさ。
万作　わしも飲んでええんだりか？
チナツ　駄目だりて。なんでが飲みたがるんよ。

万作　いんや、一応。
チナツ　ほんだらね。ごめんちゃいね。

チナツ、行こうとする。

万作　だけんがチナツさん――

とその時、べか舟の陰の男が呻きながら大きく動いた。

チナツ　（思わず立ち止まり）⁉
万作　なん⁉
男　（呻きながら動く）
チナツ　（べか舟を指して）誰がらおるだり……！
万作　おらんよ……！（こわくて、認めたくない）
チナツ　おるだりよ……。さっきがら声んしとったんあん人がっさ……！
男　（呻きながら動く）
チナツ　ほらおるがよ！
万作　おらんて！
男　（呻きながら動く）

万作　（男が呻く中）おらんおらん……！

チナツ　（男がまだ呻く中）おるて！　ほんがらあいはなんだりか！

この間に家の中から出て来ていた文吉、べか舟の方へ行くと、無言で、舟の陰で動いていた男の上に乗せられていた布を勢いよくどける。

布、空の彼方に飛んで行った。

そこには、頭から流血し、着ている服も血まみれになった男がいた。

＊　＊　＊　＊

数分後だと思われる。

男、チナツ、文吉。チナツは男のケガの応急処置をしてやっている。万作はいない。

男　梟島……。（と周囲を見渡して）地図で言うとどのあたりなんでしょう……？

文吉　地図で言うと……？（とチナツを見る）

男　ええ。

チナツ　（困惑したように）……。

文吉　（男に）島ん人間は地図では言わんだり……。

男　はあ……。

文吉　ほんだらに憶えとらんだりか……？

男　はあ……。（小さく呻いて頭をおさえる）

文吉　名前も年齢《とし》も、どこがら来たんかもわからんの。

男　（痛みに堪えながら）はい、なにも……すみません……。

チナツ　謝ることはないだりよ。ねえ。

文吉　うん……だけんが……。

男　（チナツが痛いところに触れたのか）いててて……！

チナツ　ごめんちゃい。

文吉　（やや、怪しむようなニュアンスで）痛いちゅうんはちゃんとがらわかるんだりね……。

男　はい……？

文吉　いんやね、名前も年齢もわからんのに、痛いちゅうんはわかるんだりなぁ思うて。

男　いや、わかるのは普通にわかるんです。

チナツ　そうだりよ……。

男　痛いのは今痛かったんで。過去の記憶があれなだけなので。

チナツ　そうだりよ……。

男　今のことはわかるんです。

チナツ　そうだり（よ）

文吉　（鬱陶しそうに）わかっただり。（石垣の上の道を見て）万作の奴まだだりかね……。

チナツ　（男に）こん島お医者さんがら二人しかおらんのよ。

27　しびれ雲

男　そうなんですか……。
チナツ　どこぞん誰かに頭がらガツリィンとが殴られたんだりかね？　固ぁい棒がらなんがらで。
男　どうなんでしょうね……。
チナツ　なんがら盗られてないだりか？
男　さあ……持ってたものを憶えてないので……
チナツ　ああ。
男　何を持っていそうですかね、僕。
チナツ　さあ……。
男　とにかく今は何も……
チナツ　財布も？
男　ええ、何も。
チナツ　やっぱり盗られたんだりよ。どこぞん誰かに固ぁい棒で
文吉　（遮って）どこぞん誰かて誰だり？
チナツ　わからんけど……。
文吉　こん島にそんがらことしよる人間はおらんがっさ！
チナツ　だけんが――
文吉　（強く）おらん！　どこぞん島で殴られて、気ぃ失ったまんまこん島に流れ着きくさったんじゃないだりか？　こん舟で。

男　（不意に）そうか、波の音ですかこれ……。
チナツ　（やや面食らいつつ）そうだりよ……。
文吉　なんがね今頃。こん石垣ん向こうが海がっさ。
男　ああ……（立ち上がって）海を眺めてみてもいいですかね……。
チナツ　もちろんです。
男　大丈夫。ひとりで歩けます。
チナツ　そう……。

男、石段を上って石垣の上へ——。
遠く、船の汽笛が聞こえる。

文吉　（上って行く男を見て、ボソリと）なんがね、ばりんこ元気だらが……。
チナツ　……。
文吉　どうするんだり、法事。
チナツ　文吉さん行かんのでしょ？
文吉　行かんとは言うとらんがっさ。
チナツ　いろいろんこと言うて。胃袋治ったん？
文吉　いんや、まだがら痛むだり。着替えてくるがっさ。
チナツ　ええだりよ来んで……。

文吉　そうもいかんがろ。あん人んことは万作にまかせて、行こう。
チナツ　文吉さん「万作にはなんがらもまかせられん」て言うたでしょう。
文吉　そりゃ言うただりが……。

男は海を眺めていた。

男　ああ……広いですね海は……。
文吉　（チナツに）あたりまえんこと言っとる……。
チナツ　（男に）広いんだりよ。
文吉　（男に、馬鹿にしたように）ここん海がらずんばら広うて、聞くとこんよるとしょっぱいがっさ！
男　（素直に受け入れて）ええ。
文吉　……。
男　（海に向かって大声で）おーい。
文吉　（チナツに）誰んこと呼んどるだり？
チナツ　誰てこともないでしょう。
文吉　不特定多数だりか……。
チナツ　（意味がわからず）なん？
男　（再び）おーい。

石垣の上の道を、自転車に乗った万作が来る。

万作　はーい。
三人　（そちらを見る）
万作　（止まって、男に）ああ、あんただりか。（文吉に）だめだり。巽先生は。往診どころか、本日休診て札っこがら出とったがっさ。
文吉　おらんだりか巽先生。
万作　おらん。
チナツ　法事に占部先生がら来とらっしゃるだりが……。
文吉　占部さんだりか……。
万作　占部先生に診てがもろうてもね……。
チナツ　だけんが一応お医者さんだりよ。
万作　（男に）どうする？　ええだりか占部先生でも。
男　（よくわからないので）診ていただけるのでしたら……。
万作　そんがらたいした距離じゃないだりが、歩けるがらが？
男　はい……。
万作　うん、ほんだらこん人たちが連れてってくれるだりがら。
文吉　おまえも来るんだりよ。

万作　わしも……!?

文吉　着替えてくるがっさ。（万作の家へ入ろうと）

男　ありがとうございます。

チナツ　（空を見つめて）ねえ見て……。

皆　？

チナツ　なんがろほら……あん雲。

皆、チナツが指さす空を見た。

波の音。音楽。

オープニングのステージング。

2

石持家の奥の間である。

布団が敷かれ、先ほどの男が横になっており、一応形だけの診察を終えた喪服姿の占部がいる。傍らに平服の万作も。

占部　頭は？　まだがらばりんこ痛むだりか？

男　いいえ、ばりんこでは……だいぶおさまってはきましたが、まだ数分おきにズキーンと……

占部　ああそう……無理がせんで、ちぃとがら横んなったまんま休みくさっとった方がええだりね。眠っとるうちになんがら思い出すかもしれんがっさ。

男　はあ、ありがとうございます。

万作　ほんだらわしは。

占部　うん。

男　万作さんもありがとうございました。

万作　ええんだり。

万作、去る。

男　診ていただけてよかったです……。

占部　なん、わしはちらんこも力んなれんがったがっさ。お礼がらチナツちゃん夫婦に言うがええだり。

男　はい……。

占部　こんだらことんなるてわかっとったら診察ん道具持って来たんだりが。ちゅうても失くなりくさった記憶が戻す道具なんがら持っとらんだりがね。

男　法事の最中にすみません。

占部　ええんだり。あとんはもう飲んじゃり食っちゃりだけがらが。

男　はあ……。

富子が来る。

富子　失礼しくさります。

占部　ああ富ちゃん。（男に紹介して）チナツちゃんの、お姉さんの、娘さん。

富子　石持富子です。

男　こんにちは。

富子　こんにちは。

男　御迷惑おかけしてすみません。すっかりお世話になって……着物までお借りして……。
富子　いんえ……。（占部に）どうですか？　治りんさっただりか？
占部　頭痛？
富子　記憶喪失。
占部　治らんよ。治らん治らん。そんがら簡単に治ってたまるもんかね。
富子　そうですよね。
占部　そうだりよ。
男　……。
富子　（男に）フジオさん、おかあちゃんが「お腹がら減っとらんですか」て。
男　フジオさん？
占部　（男に）あんたフジオさんなん？　思い出したんだりか？
男　思い出してません。（富子に）え、フジオさんていうのは……？
富子　おかあちゃんが。
占部　ナミコさんがなんだり？　思い出したんだりか？　知り合い？
富子　違うがっさ。「名前がらないんは呼びくさる時にが困るがら」て、おかあちゃんが。
男　ああ……。
占部　（苦笑まじりに）そんがら一方的んナミコさん、こん人犬じゃないんがら……。
男　フジオ。
富子　殴られても死なん不死身のフジオさんがっさ。嫌ですか？

男　いや、構わないけど、不死身ではないですよ……。
富子　（笑って）はい。
男　では、ありがたくフジオで。
富子　（笑う）
フジオ　（笑う）
富子　フジオさんお腹は減りくさっとりますか？
フジオ　……そう言われると少し、減りくさってるかも。（と島の方言をぎこちなく）
富子　ほんだらなんやら持ってきますね。
フジオ　ありがとう、なにからなにまで。
富子　ええんだりよ。お寿司がら好きだりか？
フジオ　大好きがっさ。
二人　（笑う）
占部　ほんだらフジオさん、お大事に。（と立ち上がる）
フジオ　あ、ありがとうございました。
占部　（富子に）富ちゃん、佐久間の奴がら来ただりか？
富子　まだがっさ。
占部　なんしとんだりあいつは……

占部、そう言いながら去る。

富子　お酒がら飲めるだりか？　ちぃとだけどうだりかておかあちゃんが。
フジオ　お酒は……飲めるのかな。わからない。だけどさすがに今日は遠慮しておくよ……頭もまだちょぃいと痛むし……。
富子　痛むんだりか。
フジオ　少しだけね……。
富子　そうだりか……どうぞお大事に。
フジオ　ありがとう。
富子　ほんだら。（戻って行こうとする）
フジオ　お父様の七回忌なんだよね？
富子　そうだり……。
フジオ　よりによってそんな大事な日に、本当にごめんなさい。
富子　ええんです。「他人様《ひとさま》がら困っとる時は、誰ん迷惑がかけてもええがら助けてあげなさい」て、おとうちゃん言いくさってましたがら……。
フジオ　そう……。
富子　「誰ん迷惑がかけてもええがら」ちゅうんはちぃとあれだりが……やさしいおとうちゃんでした。（微笑む）
フジオ　そう……僕もあとでお線香をあげさせてもらおう。
富子　そうだりか……ありがとさん。ほんだら。

フジオ　うん。ありがとさん。

富子　（笑う）

富子、去った。

フジオ　……。

音楽。

フジオ　（独白で）昭和10年10月5日　日曜・晴れ。少しでも記憶を取り戻す手立てになるまいかと、今日から日記をつけることにする。
朝、目を醒ますと小さな知らない島にいた。自分の身に何が起こったのか、皆目わからない。親切な御夫婦が浜の近くに倒れていた僕を発見し、介抱してくれた。奥さんに促されて空を見上げると、不思議な形をした雲があった。「しびれ雲」というのだそうだ。
「しびれ雲」が空に浮かぶと、その日を境に島の潮目が変わる。そんな伝承を、大まじめに信じる者もいれば鼻で笑う者もいるという。
奥さんのお姉さんにフジオと名づけられた。フジオとしての僕の誕生が、良きにつけ悪しきにつけ、「島の潮目」とは無関係であってほしいと願う。

＊　＊　＊　＊

音楽が途切れ、別のエリアの明かりがつく。
法事の読経が終わり、居間で食事をしている人々。一男、竹男、菊地、そしてしたたかに酔って上機嫌の文吉。ナミコ、チナツ、勝子ら女性たちは、追加の食事を出したり、食器を下げたり、酒を注いだりと、うやうやしく働いている。

文吉　（菊地に）ほんだら、四人でずーっとがら一緒だったんですか。
菊地　そうだりよ。あいつがナミコさんとくっつくまではなにをするんも四人がら一緒だったたりだ。
文吉　くされ縁てやつだりね。
菊地　聞く音楽も一緒なら食うもんも一緒、
文吉　（チラとナミコを見て）好きんなる御婦人も一緒だりか。
菊地　（やや冗談めかして）ああ、そん話は語るも涙がっさ。

この台詞で奥の間から戻って来た万作が仏壇の鈴《りん》を叩き、少しの間手を合わせている。

文吉　そりゃ義姉さんだっていっぺんに四人の男と結婚がするわけにはいかんがらが。（ナ

ナミコ　ミコに）ねえ。
チナツ　（笑うだけ）
文吉　（文吉に）あんたもう食べるのやめんね、お酒も。
チナツ　なんでだり。
文吉　なんでて胃袋がら
（遮って鬱陶しそうに）だいじょびだり。茶々入れんな、人が気持ちがらよく追悼しとるんに。七回忌だりよ国男さんの。（皆に）ねえ。
チナツ　会うたこともないクセに……。
勝子　チナツちゃん、そんがら意地ん悪いこと言わんね。
チナツ　だけんがこん人がさっき
竹男　（遮って）来てくれて国男も喜んどるがっさ。なあおやじ。
一男　喜んどる喜んどる。
チナツ　……。
万作　文さんほんだらわし。
文吉　なんがね、帰るんか。まだ帰るな。
万作　いんやいんや、ごめんちゃい。
チナツ　ありがとさん。
皆　（口々に）ありがとさん。
万作　どんがらいたしまして。

チナツ　万作ちゃん、どうなん？　あん人ん具合は？
ナミコ　フジオさん？
チナツ　フジオさん。占部先生なんだって？　ちゃんとがら治療ちゅうか、診察んしてくれただりか？
万作　うーん、あいは診察がいうか、治療がいうか、あれだりね。雑談。
チナツ　雑談。
ナミコ　雑談で具合ん良くなるんだりか。
菊地　占部ん奴ん診察は普段がらほぼ雑談がっさ。

皆、笑う。

勝子　あん人、今夜はどんがらしてもらうん？
ナミコ　フジオさん？
勝子　フジオさん。フジオさん今夜はウチんお泊めしますか。
竹男　うん、そんがらしてやらんと行くとこがらないがろ。
一男　心細かろうな、なぁんもがら憶えとらんのじゃ……思い出がないんだがろ？　記憶ちゅうもんがら人間のすべてん拠り所がっさ……。
チナツ　ほんだらですよね。もしんも自分ががあん人、
ナミコ　フジオさん。

チナツ　フジオさんみたいんなったら、ずんばら心細うて

文吉　（遮って）便所。

チナツ　……。

文吉、便所へと去る中、

万作　ほんだらわしは今んうちに。

万作、帰って行く。

ナミコ　（チナツに）お見送りがしましょ。

チナツ　そうね。

菊地　（ナミコのことを）やさしいなぁ。

ナミコ　（仏壇に供えられた食事を見て）ありゃ、いつん間にやらお肉がらあるだりね。

竹男　ありゃ、（勝子に）どけとかんね。肉はだめだり。

勝子　ごめんちゃい。うっかり気づかんで。

ナミコ　いんえ、あたしんこそ気づかんで。（仏壇に）ごめんちゃいね国男さん。

チナツとナミコ、万作を見送るため、玄関へと去った。

菊地　（再び、しみじみと）やさしいなぁ……。（竹男と一男に）そん言われてみりゃ石持の奴、学生ん時分肉がら食わんかったですね。
竹男　だがろ？　国男は食えんがったがっさ肉。
菊地　子供ん時がらですか？
竹男　あいはわしが七つやそこらだったがら、弟はまだ四つ五つん頃よ……おやじとおふくろとわしと国男と、家族四人で養豚場ん前を通りがかってな。
菊地　養豚場。
一男　今ん映画館よ。あすこがら養豚場だったがっさ。
菊地　ああ、そうでしたかね。
竹男　ブヒッチョブヒッチョ鳴いとる豚っこん一匹がらゆびん指しておやじが言うたんよね、うかつにも。「こん豚っこばりんこうまそうだりねぇ」て。
一男　わしじゃないがっさ、あいは勝子だり。
勝子　あたしがなんですか？
一男　いんや、勝子さんがらのうて、わしん女房ん方の勝子。
勝子　ああ勝子さん……。
竹男　（一男に）おふくろと違うだり。おやじがっさ。
一男　そうがらが？
竹男　そうだりよ。そい聞いた時の国男のキョトリィンとした顔！（笑う）

菊地　そん時まで知らんで食うてたんですかね石持は。いつもん食うとる豚肉ん正体がら。
竹男　そうだりよ、今目の前でブータラ鳴いとる可愛い豚っこんなれの果てやら。
一男　(含み笑いで) ほんだらわしんせいか。
竹男　そうだりよ。(呆れて) なんがね嬉しそうに。

少し前にナミコが富子を伴って来ていた。

勝子　ナミコさんもずんばら大変だったでしょう。
ナミコ　なん?
勝子　十何年も肉ん食えん国男さんの献立がら献立てて。
ナミコ　いんえ、あん人なんだらかんだら言うて食べてましたがら。
一男　(ひどく驚いて) 肉を⁉　国男が⁉
ナミコ　はい。
竹男　(も、ものすごく驚いていて) 国男が肉をだりか?
ナミコ　ええ。肉っぽくなくするんがちぃとがら難儀だっただりが……。

皆、言ってることが理解できず――。

一男　肉っぽくなくしとったん?　肉を?

ナミコ　ええ。肉っぽくなくさんと肉っぽいでしょう？
竹男　ん、ん、ナミコさんあんた、うちん弟んことがだましとったんだりか？
勝子　だましたてあんた。
ナミコ　（事も無げに）そうですね。
竹男　そうですねて
一男　ええがよ、もう昔んことだり。
竹男　だけんが
勝子　（遮って）ええやないですか。
竹男　おまえは黙っとれ。
ナミコ　ごめんちゃい……。
勝子　（ナミコに）ええんよ。（竹男に）ナミコさんは栄養んバラウンスがら考えくさって、国男さんの健康んためにだまし続けくさってくれたんじゃないがらが。ねえ。
ナミコ　栄養ちゅうか、国男さんが「だましてくれ」言いんさったがら。

皆、再び「？」となる。

一男　「だましてくれ」て？　国男が？
ナミコ　ええ。だってがらほら、肉は食えんでしょう国男さん。

いよいよ皆、わからなくなった。

菊地　ちぃと問題がら整理しましょう。石持はナミコさんがら出しんさった肉っぽくない肉を、肉だら思うて食うてたんだりか？　肉と違うもんだら思うて食うてたんだりか？

ナミコ　わからんです。

菊地　わからんの。

ナミコ　よく思うんがっさ……国男さんいつもがら「おいしいね、おいしいね」言うて食べてくれてただりが……あいはだまされとるフリがしてくれとったんじゃなかろうかて……。

勝子　フリ？

ナミコ　フリだり。

菊地　たしかんそうそう簡単にはだまされんかもしれんだりね。なんしろ石持ん方がら「だましてくれ」て頼んどるんがら……。

ナミコ　わからんです、今となっては……。ええんですわからんでも……。

勝子　富子ちゃんはどんがら思うん？

富子　あたしですか？

勝子　おとうちゃんがらおかあちゃんにちゃあんとがだまされとったと思うだりか？

富子　あたしは——

ナミコ　（富子を促すように）わからんよね？

富子　わからんです……。

一男　ええがねどっちゃらでも……食うてたもんは食うてたんやがら……。

竹男　ええけど……。食うてたんか肉……国男……。

不意に、波の音、大きく。

＊　＊　＊　＊

波の音と共に照明が変化し、人々はそのままに、そこは1場と同じ海の近くになる。引き出物を手にした万作が、石垣の上の道（そこは奥の間でもあるので、布団が敷かれフジオが横になっているわけだが）を下手から来て、石段を下り、人々が囲むテーブルを横切って、下手の自分の家の扉を開け、中に入る。

＊　＊　＊　＊

万作が扉を閉めるのと、石持家の奥の（玄関へと続く）扉が開くのが同時。扉の開きに合わせて再び照明が変化し、そこは石持家の居間に戻る。

扉から出て来たのは占部で——

占部　（なんだか嬉しそうに）ナメクジがらおりました……。
菊地　なんだりか？
占部　ナメクジがっさ。庭に。二匹。アベックでしょうあいは。
菊地　ナメクジ？
一男　朝雨ん降りくさったがらがろ。
占部　だりね。（菊地に）塩っこがかけてやりたくてたまらんがっただりがね。そこんとこがらグッと我慢がして……。
菊地　ええ大人がなんね、五十過ぎて。
勝子　塩っこならありますよ。
菊地　（制して）ええんだりよ。
占部　ええんです。かけたい気持ちを耐え忍ぶんがええんです。（なぜか目を見開いて）富ちゃん知っとるだりか、ナメクジちゅうんは塩っこかけるとじわんこじわんこ体ん溶けくさるがっさ。
富子　知っとるだり……。
菊地　なんでがそんがら気味ん悪い言い方するんだりか。
ナミコ　富子、山ゴボウもう煮えとるんじゃないがらが？　見て来て。
富子　はい。

と富子、すぐさま立ち上がり、台所の方へ向かうので、

占部　（嬉しそうに）ありゃ、逃がさんでもええでしょうナミコさん。
ナミコ　逃しとりませんよ。（富子の去った方に）煮えてたらフジオさんにもね。
富子の声　はい。
占部　フジオさん。（ナミコに）喜んでたがっさフジオさん、「名前がつけてもろうただりぃ」言うて。
ナミコ　（半信半疑で）そうだりか……。
占部　うん。

文吉が戻って来る。

文吉　ありゃ……？　チナツは？
ナミコ　チナツ？
文吉　あん男ん部屋だりか？
ナミコ　違うがっさ。裏庭だり。柿がら五つ六つもいでて頼んだんよ。
文吉　ほんだらに？
ナミコ　ほんだらよ……。
占部　そうだ、こい竹男さんのだりか？

占部、そう言いながら（それなりに高級そうな）ライターを出す。

竹男　なんがね？
占部　ライターだり。庭に落ちとったんがっさ。
竹男　（受け取って）ライター？
一男　こいつがライターなんがいう洒落くさったもんがら使うもんかね。
占部　ありゃ。ほんだら——
竹男　文吉くんの？
文吉　いんえ、ライターなんちゅう高いもん。火ぃつけたこともないがっさ。
竹男　ほんだら誰んね……。
菊地　伸男くんのじゃないだりか？
竹男　（不意に、語気強く）伸男は煙草なんが吸わんがっさ……！
菊地　ああ……。そん言や伸男くん今日は……？
竹男　伸男んことはええんだり。
菊地　ごめんちゃい……。（チラと勝子を気にする）
一男　坊主んじゃないだりか？
竹男　坊主？
ナミコ　そんいえばあんお坊さんお庭で煙草吸うとりましたね。そんがらようなライターで火ぃがつけて。

一男　だがろ。坊主んだり。
竹男　坊主んか……。
一男　坊主んだり……。

竹男、ライターをしれっと自分の懐に差し入れる。

一同　（のを気づいていて）……。
一男　なんでがおまえん懐ん入れるんだり。
竹男　あん？
一男　あんじゃないがっさ。なんでが懐ん入れるんだり。
竹男　なんでがて……ええがろべつに。
一男　ええもんかね。
勝子　いかんですよそんがら高いもの……。
ナミコ　だめだりよ。お坊さんのてわかってるんがらが。（文吉に）ねえ。
文吉　そうですね、あいにくみぃんなで見てしまっただりから。
竹男　あいにくてなんね。もらわんよ。返すんがっさ。
一男　いつ。
竹男　……今度会うた時。
一男　いつ会うんがっさ。

竹男　いつて……

一男　ほんだらに返そう思うとるだりか？

竹男　思うとるよ。

一男　ほんだらに？

竹男　ほんだらよ。

一男　……。

竹男　なん？　まだ疑っとんかおやじ。

一男　いんや……ほんならええんだり……すまん、疑うたりして。とうちゃんが悪かったがっさ……許してくれろ。

竹男　（急に）ごめんちゃい……。（とライターを懐から出してテーブルに置く）

一男　なんがね……もらいくさろう考えてたんだりか……。

竹男　ちぃとよ……ちぃとだり……会うたら返そう思うてただりが、そうそう会うまいとも思うてたがっさ……ごめんちゃい……おやじにゃかなわんだり……。

一男　ええんだり。こんだらみんなが前で、よう素直に言うたもんよ……さすがわしん息子がっさ。

竹男　（照れ臭そうに）なん言うとんだり……。

一同　（どう反応してよいものやら）……。

占部　（菊地に）なんがらええもん見せてもろうただりな……。

菊地　ええもんちゅうか……うん。

竹男　（占部に、冗談めかして）あんたがこんがらもん見つけくさるからがっさ……。
占部　ありゃ、ごめんちゃい。
一男　竹男。
竹男　なんがね。
一男　おまえそい返して来い。
竹男　（ギョッとして）今だりか……⁉
一男　今だりよ。
竹男　そいはさすがん面倒臭いがっさ！
勝子　そんだら、今返しに行かんでもねえ。
一男　いんや、今行くんだり。もらおうとした分、きちりんこんがら返しに行くんだりがろ⁉
竹男　……！
　　　面倒臭いがっさ！　坊主ん奴が勝手に落っことしよったんがら取りん来させりゃええ
一男　なんが言うだりか、もらおうとしてた人間が！
竹男　（勝子に）酔うとるんだり。
一男　酔うとらん。（ライターを手に取って）ほんだらわしが返してくるがっさ。
竹男　本気かね。
一男　本気だり。返してあん坊主に土下座がしてくる。
竹男　（行こうとする一男を制して）やめんね。

ナミコ　（同じく）お寺さん遠いですよ。
一男　そいがなんね。
竹男　酔うとるんよ。
一男　酔うとらん！　なんでがら誰んもわしにつかんがっさ。間違うとるだりかわしは
文吉　……!?
一男　間違うとりはしませんよ。
勝子　おりますよあたし。
一男　勝子がおったらもうちぃと、
竹男　勝子さんがらのうて、わしん女房の勝子がっさ！
一男　わかっただり。わしが行くがら。
竹男　ええだり。わしが行く。
一男　なんでね、わしが行く言うとんに。
　　　ええて！

二人、そう言いながら奥の（玄関への）扉を出て行く。

勝子　（追おうとするナミコを制して）ナミコさんは。
ナミコ　だけんが
勝子　だいじょびだり、いつもんことがらが。（周囲に）ごめんちゃいなんがら。

人々、各々反応があって――

勝子、夫と義父を追って玄関へと去った。

占部　……こいでああんライターがら坊さんのと違ったらやりきれんだりね。

菊地　おまえがあんがらもん見つけるがら……。

占部　見つけてしもうたもんは仕方ないがっさ。（ナミコと文吉に）ねぇ。

チナツが、もいだばかりの柿を入れたカゴを手にして、奥の襖から、後方を気にしつつ来る。

チナツ　（ナミコに）どうしたんだりか……？

ナミコ　うん、ちぃとね……だいじょびよ。

チナツ　こい、なんだりかね？

ナミコ　なん？

チナツ　裏庭に落ちくさってたんがっさ。

チナツ、柿の上、もしくは脇に挟んだ、じゃばら折りされた御経本を示す。

文吉　なんがね……。
ナミコ　ありゃ、南無南無ん書いてある帳面だり。
菊地　御経本だりか。
チナツ　ありゃ。お坊さんがら落としくさって行ったんだりか。
占部　なんやっとんだりあん坊主……。
菊地　だけんが落としくさるだりかね、こんがら大事なもん……。

扉の向こうから「ごめんちゃい」という佐久間の声。

菊地　佐久間だり。
占部　今頃ごめんちゃいじゃないがっさ。

菊地と占部、玄関へと去る。
そこにはナミコ、チナツ、文吉だけが残された。

チナツ　（ナミコに）来ちゃっただり佐久間さん。
ナミコ　そりゃ来るだりよお呼びしたんがら。
チナツ　どんがらしよう。
ナミコ　柿むいてきて。

チナツ　柿？
ナミコ　柿だり。
チナツ　ええけど柿で許してくれるだりかね？
ナミコ　そんゆうことじゃなくて、佐久間さんは佐久間さん、柿は柿よ。
チナツ　だけんが謝らんと。
ナミコ　ええがら。
チナツ　うん……。
ナミコ　柿フジオさんにもね。
文吉　あいつにはええでしょう。
ナミコ　（文吉に）なんで？（チナツに）持ってってね。
チナツ　うん。

チナツ、台所へ去った。

文吉　……ちぃと甘やかし過ぎじゃないですかね。
ナミコ　誰を？
文吉　あん他所者《よそもん》だり。
ナミコ　フジオさん？
文吉　フジオさん。記憶ん失くしたなんちゅうんも怪しいもんだりよ……。

ナミコ　文吉さん。
文吉　なんですか？
ナミコ　チナツとは、仲良うやっとるん？
文吉　え……？
ナミコ　余計なお世話だりが……。仲良うして欲しいがら。
文吉　やっとりますよ……。
ナミコ　そう……
文吉　やっとりますよ、仲良う……。
ナミコ　ほんだらええんだり……ごめんちゃいね。
文吉　……（不意に立ち上がって）ちぃと……。
ナミコ　なん？
文吉　いんえ、ちぃと……。

文吉、台所の方へ去った。

ナミコ　……。

玄関からの扉が開いて、占部、菊地、佐久間が来る。
佐久間はケーキの包みを持ち、木魚を抱えている。

佐久間　（占部と菊地に）落ちてたんだり塀の前に。
菊地　落ちてたて、そんがばりんこでかいもん落っことさんがろう。
ナミコ　どんがらしたんですか？
佐久間　（ナミコを見ると、ややかしこまるようにして）あ、こんにちは……。
ナミコ　こんにちは。
佐久間　お久し振りです。ごめんちゃい遅くなって。
ナミコ　いんえ。
佐久間　実んは来る道でチナツちゃんに会うたんだりが、十時半がらて言うとったんで——
ナミコ　ごめんちゃい。あたしがチナツに時間がら間違うて伝えてしもうたんだり……。
佐久間　そうなんだりか……。
ナミコ　そうなんだり、うっかりがして。ほんだらにごめんちゃい……。
佐久間　ええんですよ……そうだりか……。
ナミコ　木魚？
佐久間　あ、そうなんだりよ、そこん塀の前に……。
ナミコ　ありゃあ……お坊さんだりか……？
菊地　間違いなくお坊さんだりよねこんがらもん落っことすんは。
占部　落っことしたら気づくがろうがこんがらもん。
佐久間　ほんだら置いて行ったんだりかね。

菊地　なんでが置いてくんだり。

佐久間　わしん聞くな。知らんがっさ。

菊地　坊さん必需品だがろ、木魚も御経本も。ライターはともかく。

ナミコ　あん人……お坊さん辞めたいんだりか……。

佐久間　……辞めたいからちゅうて他人《ひと》んちん置いてかんでもねえ……ああ、これ。（と、持っていたケーキの包みを差し出す）

ナミコ　ありがとさん。

差し出されたケーキの包みを占部が受け取り、すぐさまテーブルの上で粗雑に開ける中――

佐久間　まだん試作品のケーキがらが、来月あたりから店ん出そうと思うとるんだりよ……。

ナミコ　ああ……。

佐久間　どんぐり山ん栗が使うてね、そいを甘う煮て細こうきざみくさってがら、バタークリームがペタリンコォンと――

佐久間、そこまで言ってふと見ると、すでに占部と菊地がケーキをむさぼるように食べていた。

佐久間　なん食うとんだりおまえら！
占部　なんがね。
菊地　こいちぃと甘すぎるがっさ。
佐久間　黙りくされ！　おまえん口が気ぃ狂っとるんだり！（グシャグシャに食い乱されたケーキを見て）あーあ。（で、食卓を見て）あーあ。寿司がらなんがらずんばら食いつくしとるし……。
ナミコ　ごめんちゃい。
佐久間　違うがっさ。こいつらに言うとるんだり。

勝子が戻って来る。

勝子　ごめんちゃいね佐久間さん、せっかくがら来ていただいたんにすれ違いで。
佐久間　いんえ。どこん行かれたんだりか竹男さんたち。
勝子　お寺さんに。ライターが返しに。
佐久間　ライター……。
ナミコ　二人で行きさったんだりか？
勝子　うん結局二人で。（木魚に気づいて）そいはなん？
佐久間　木魚だり。
勝子　（ギョッとして）木魚……!?

ナミコ　お坊さんがら置いていったんです。南無南無ん帳面も。（と提示）
勝子　なんじゃら。ほんがらそいも持ってってもらえば良かったがっさ。（と扉をふり向く）
ナミコ　あんお坊さん辞めたいんじゃなかろうかて佐久間さんが。
佐久間　!?
勝子　辞めたいて何を？
ナミコ　お坊さんを。
勝子　急に？
ナミコ　急にて、急によ。だんだんに辞めるもんなんだりかお坊さんちゅうんは？
勝子　わからんけど。一応がら返さんと。
ナミコ　今がら追いかけて間に合わんだりかね。
勝子　女の足じゃ……。
ナミコ　そうねえ……。

勝子とナミコ、同時に男たち三人に目をやる。

佐久間　（逃げるように仏壇に）お線香がらあげんとね。
占部・菊地　……。
菊地　（占部と共に立ち上がりながら）行ってきます。（と木魚を持つ）
勝子　そう？　へそまがり通りん方がら行ったがっさ。ごめんちゃい。

占部　いんえいんえ。（と言いながらケーキを持ち）あ、ケーキは持ってかんでええんだり。（と置く）

ナミコ　こい帳面。（と占部に差し出す）

占部　（受け取って）あ、はい。

菊地　追いつくだりかね。

占部　菊地おまえ走れ。

菊地　なんでよ。

占部　学生時分陸上だがろ？

菊地　何十年前んこと言っとんだり。

勝子　（見送って）ごめんちゃいね。

ナミコ　行ってらっしゃい。

占部、菊地、勝子、出て行った。
佐久間が仏壇の鈴を叩く。
奥の間の明かりが明るくなる。
フジオに食事を運んでいこうとしているチナツの背後にぴったりとくっつくようにしてやってくる文吉。

チナツ　（うんざりしたように）なんでがらひっついて来るんだりよ。休んどらんね。

文吉　そんだらにあん男と接触がしたいんか？
チナツ　接触て。お食事運ぶだけじゃないがらが。なん？　文吉さん焼け餅がら焼けとるん？
文吉　焼けとるわけなかろうが焼け餅なんがら。悲しいぐらいに焼けとらんよ。
チナツ　……夫婦なんてそんがらもんなんだりね……。
文吉　（嘲笑して）なん言うとる……。そうだり、つまらんもんだりよ夫婦なんて。俺持ってくがらおまえは片づけがらなんがらしとけ。
チナツ　なんでよ。ほんがら一緒に行きましょ。
文吉　おまえ義姉さんになんが言うたよね？
チナツ　なんがて？
文吉　知らんだり。言うたんはおまえなんがら。俺んことんなんがら言うたろ？
チナツ　言うとらんよ。
文吉　……。
チナツ　言うとらんだりよ。お姉ちゃんなんて？
文吉　言うとらんならええだり。ええがら行け、俺持ってくがらが。

文吉、チナツの手から食膳を奪い取る。

チナツ　……なんがね。

チナツ、戻って行く。

文吉　（行ったのを確認してから）失礼しくさります。
フジオ　（眠っているのか）……。
文吉　（大きく）失礼しくさります……！
フジオ　はい！　ごめんなさい。どうぞ。ウトウトして、妙な夢をみてました……。
文吉　（笑顔を作って）……寿司と山ゴボウと柿だり。
フジオ　わあ、ありがとうございます。ありがとさん。
文吉　どんがらいたしまして。

文吉とフジオ、軽く笑い合う。
居間では——

佐久間　（ようやく拝み終わって）早いもんだりね……もう六年だりか。
ナミコ　ほんだらあっという間だり……。
佐久間　ほんだらにね……。
ナミコ　……どんぞお座りくさって。
佐久間　ありがとさん……。

佐久間、テーブルの一角に腰をおろす。

奥の間では――

文吉　（戻って行かないのか、とチラチラ文吉を見ているフジオに）どんぞどんぞ。食わんね。

フジオ　いただきます……。

食べ始めるフジオ。

居間では――

佐久間　（懐かしみながら、ナミコに）憶えとりますか……いつんだったか、石持とわしとナミコさんで映画が観ん行った時……まだん声の出んサイレント映画だり……わしらは二人ん共安月給だったがら、一等席ん切符買うんも（難儀して）

ナミコ　（ハタと）ごめんちゃいお茶も出さんで。ちぃと待っててください。

佐久間　ええだりよ。

ナミコ　いんえ、お酒ん方がええだりか？

佐久間　わし酒飲めんがっさ。

ナミコ　ありゃ、そうでしたっけ。

佐久間　うん……（内心寂しいのだが、必死に笑顔を作り）憶えとらんだりか……。

ナミコ　ごめんちゃい。そんがらお茶をね。

佐久間　うん……。
ナミコ　ごめんちゃい。
佐久間　ごめんちゃい。

ナミコ、台所の方へと去った。

佐久間　……。
フジオ　美味いですね、この鰺《あじ》。
文吉　そうだりか。そいは良かった。
フジオ　絶品です。
文吉　今までん食うた寿司ん中で何番目ん美味いだりか？
フジオ　……憶えてないので……一番です。
佐久間　（仏壇に向かって、苦笑しながら）憶えとらんとさおまえん細君、わしが酒ん飲めんこと。あんだけ人んこと「下戸だり下戸だり」てからかっといて……。おまえは果報がとり過ぎたんがっさ。そいで早死にしたんだり……。
フジオ　文吉さん……。
文吉　なんがね……？
フジオ　まだ疑ってらっしゃいますか？　僕のこと。本当は記憶を失くしてなんかいないんじゃないかって。

文吉　もう疑っとらんよ。さっきはたしかにちぃとがら「ほんとだりかなあ」て思うただりが。
フジオ　そうですか……。
文吉　そうだりよ……疑っとらんよもう。
フジオ　（柿を食べて）甘いなこの柿。
文吉　女房がらもいだ裏庭ん柿だり。
フジオ　チナツさんが。
文吉　……あんた、女房んことどう思う？
フジオ　どうって――
文吉　正直ん言うてええがら。
フジオ　（困惑しながら）文吉さんの奥様だなぁって。
文吉　そんがらことじゃのうて。ほんだらば、あん女が俺ん女房じゃなかったらどうだり？
フジオ　なかったらですか……。
文吉　どん思う？　一人ん女として。正直ん言うてええがら。俺ん女房じゃないんがら。
フジオ　一人の女として。
文吉　そうだり。ほれ思い浮かべれ。
フジオ　あ、はい。
文吉　思い浮かべただりか……？
フジオ　思い浮かべました……。

文吉　どん思う？　正直に。
フジオ　いいですか、本当に。
文吉　（内心身構え、作り笑顔をこわばらせつつ）……ええだりよ。
フジオ　親切で、綺麗で、とても素敵な人だと思います。
文吉　（内心「やはり」と思いながら）へえ……。
フジオ　……僕の好みとは随分違いますけど。
文吉　（内心面食らい）ああそう……。
フジオ　理屈じゃないんです、好みってそうじゃありませんか？
文吉　そうね……。
フジオ　ああいうヒョロヒョロッとした女性は生理的にどうも苦手で——ごめんなさい。
文吉　構わんよ……。
フジオ　神経質で気が強そうですし。
文吉　気ぃは強いだりね。
フジオ　融通が利かないところがありそうですし。
文吉　利かん利かん。利かんよ融通は。
フジオ　こう、自分を棚にあげて相手の否ばかり責めたてるような。
文吉　うん……。
フジオ　なんでしょう……ゴキブリや銀バエを素手で叩き潰して、その手で握り飯を握って、何食わぬ顔をしてるような恐ろしさを

文吉　（遮って）そんがらことはないだり……！
フジオ　……すみません。言い過ぎました。
文吉　（怒りではなく、むしろ哀しそうに、フジオを見ずに）あいつにもええとこはあるんだりよ……！　ハタからは目立たんだけだり……！
フジオ　もちろんです。ごめんなさいついうっかり調子に乗ってペラペラと……。
文吉　ばりんこあるんがっさ……！
フジオ　もちろん、ありますばりんこ。

このあたりから、さり気なく音楽が流れ始める。

居間——

ナミコがお茶を運んで来る。

ナミコ　お待たせしました。
佐久間　ありがとさん。
フジオ　元気出しましょう。いい奥様ですよ。
文吉　ええ女房だりよ……（胃痛がしてくる）汚れくさったシャツがら……きちぃんと洗濯がしてくれて……、朝ん俺が目ぇ醒ましくさった時には……今日着るもんを……キッチリ、たたんで……
フジオ　どうされたんですか……？

文吉　胃袋がら……
フジオ　痛むんですか？
文吉　（ひどく痛そうに呻く）
フジオ　（しごく冷静に、かつテキパキと）体の向きを変えてみましょうか。右を下にしてみてください。これ脱ぎましょう。
文吉　はい。
佐久間　（お茶を飲んで）やっぱりうまいがっさ、ナミコさんが淹れくさるお茶がら。
ナミコ　ありがとさん……。
佐久間　さっきん……空にしびれ雲がら浮かんどっただり……。
ナミコ　そうね……。

照明、変化して、風景消えてゆく。
短いステージングによる転換。

＊　＊　＊　＊

再び、居間と奥の間が浮かびあがる。
二十分ほど後であろう。
奥の間の布団には文吉が横になって眠っており、傍らではチナツが繕い物をしている。

居間にいるのは、ナミコ、佐久間、富子、そしてフジオ。

富子　しびれ雲……。

ナミコ　（富子に）見たかっただりねぇ。ちぃとも気づかんかったねぇ。

佐久間　富ちゃん鍋田んとこの畑知っとろう？

富子　知っとります。

佐久間　あそこん畑、昔んはでかいばかりで何年もがらろくな野菜がとれんかっただりが、あん雲ん出たあとんばりんこ甘ぁいトマトがらずんばらとれくさって、普段の五倍ん値で売れたそうだり。

富子　へぇ。

佐久間　そいがらほらナミコさん、平塚とこん次男坊。

ナミコ　小次郎さん。

佐久間　あんがら無口だった男が、あん雲ん眺めてたと思うたら突然がらええ声で歌うようんなってね。

ナミコ　（フジオに）民謡のレコード出したんだり。

フジオ　へぇ……。

富子　（驚いたようにナミコに）小次郎さんて無口だったん？

ナミコ　そうよ。

佐久間　もっとん昔ん話でええならまだがらあるがっさ。どこぞん家で、あん雲ん浮かんだ日に五年も行方知らずだった飼い犬がら急に帰ってきくさって、飼い主を松茸んずんばら生えとる山に案内してくれたそうだり。ほんだらの話かわからんだりが。そいがら漁師のだれそれが、しびれ雲ん浮かびくさった日にでっかい鯛を釣り上げて、刺し身にさばいたら腹ん中がら金塊が出てきたちゅうんよ……。

ナミコ　（富子に）ほんだらの話だったら楽しいだりね……。

富子　そうだりね……。もしんうちん金塊がら出たらおかあちゃん指輪作るとええがっさ。

ナミコ　そうね。富子もね。

佐久間　富ちゃん、いくつになったんだり？

富子　二十一です。

佐久間　もうそんなだりか。そんがら石持が亡くなった時んは——

富子　十五だり。

佐久間　そうか……二十一。ほんだらもうそろそろだりね、ねえナミコさん。

ナミコ　ええ、お願いします。どこぞんええ方がらおられましたら。

佐久間　おるおる、ウヨウヨおるだりよ、富ちゃんええ娘《こ》だもの。（フジオに）ねぇ。

フジオ　そうですね……。

佐久間　どんなんが好きなんだりか？　わしみたいんはどうね？

富子　好きだり。

佐久間　（フジオを指して）こん人みたいんは？

ナミコ　フジオさんね。

佐久間　フジオさんみたいんは。
富子　（明らかにトーン上がって）好きだり……！
佐久間　ああそう……。
フジオ　ありがとさん。
富子　いんえ。
佐久間　そんだら文吉おじさんは？
富子　（ややトーン落ちて）文吉おじさんも好きだり……。
ナミコ　みぃんな好きね。
佐久間　（苦笑して）同じん好きでもだいぶん差ぁがあるだりね……。だけんがナミコさん、冗談がらなく、心あたりんないでもないんだりよ。
ナミコ　（やや曖昧に）お願いします。
佐久間　富ちゃんほんだらにお嫁行く気あるんだりか？
富子　（笑って）……。
佐久間　だめだりよ、早く行かんとじきん五年十年経ちくさるがっさ。ナミコさんが石持とがら一緒んなったんが……？
ナミコ　十九ん時です。
佐久間　ほらもう超えとるだりよ。
ナミコ　そうね……。
富子　おかあちゃん、そろそろ帰らんと。

ナミコ　ありゃ、もうそんがら時間だりか。
佐久間　お帰りですか……。
ナミコ　富子ん新しい裁縫の先生がお見えんなるがら。
佐久間　そうだりか……。（残念）
ナミコ　ほんだらお暇言うてきましょ。ごめんちゃい。
富子　ごめんちゃい。

ナミコ、富子、台所へ去った。

佐久間　帰るんだりか……（改めてケーキの箱を覗き込み）店ん出す前に味が診てもらって意見がら聞きたかったたんに……。（とフジオを見て）ケーキ。
フジオ　ケーキ屋さんなんですか。
佐久間　おととしん店が移転がらしてね。ちぃと遠いんだり。百本梅ん近く。
フジオ　ああ、わからないです。
佐久間　だがらあんまりひょいこらと会えんのよ……前はしょっちゅう買いん来てくれたんだりが……。
フジオ　ああ……百本梅というのはここからどのぐらいかかるんですか？
佐久間　バスで三十分ぐらいだり。
フジオ　なんだ。だったらそう遠くないじゃないですか。

佐久間　（カチンときたのか、強く）何分かかるかなんちゅう話がしとるんじゃないんがっさわしは……！

フジオ　（面食らって）……ちょっとよくわからないな僕には……。

佐久間　……うらやましいだりよあんた。

フジオ　はい？

佐久間　記憶がないんだがろ？

フジオ　ええ……え、うらやましい？

佐久間　つらい思い出ん思い出さずにすむんだりよね。

フジオ　それはまあ……。ですけど、楽しい思い出だってあるでしょう。

佐久間　（再び強く）楽しい思い出ん思い出すんはもっとつらいがっさ……！

フジオ　……。

佐久間　ごめんちゃい。なんも思い出せないちゅうんがどんなかわからんがら……ごめんちゃい。

フジオ　不安ですよとても……自分が誰だかわからないというのは……。

佐久間　わかる人はおらんの、あんたが誰か……。

フジオ　（両手を開げて）さあ……。

佐久間　東京ん人よね？

フジオ　どうなんでしょう。

佐久間　東京ん人だりよ。（マネて両手を開げ）「さあ」なんてやるんは東京ん人だり。

フジオ　（ややムッとして）東京の人間ならどうだっておっしゃるんですか。
佐久間　なんムッチラしとんね。わし謝っただりよねごめんちゃいて。
フジオ　……。
佐久間　もしん東京ん人なら東京ん戻って探偵がすればええやないがらが。自分探偵がっさ。
フジオ　それはそれでこわいんですよ……自分がどんな人間か、わかってしまうのが……。
佐久間　どっちゃなんがっさ、わかりたいんかわかりたくないんか。
フジオ　わかりません……。
佐久間　……。

奥の間では、布団で眠っていた文吉が「んんん……」と小さく声を上げ、目を醒ます。

チナツ　起きた……？　どうね胃袋は？　まだがら痛みくさるだりか……？
文吉　（チナツがまだ繕い物をしているのを見て）なんがしとるん？
チナツ　上着。裾んとこがらほつれとったでしょう。ボタンこもとれそうだったがら……。
文吉　……ありがとさん。
チナツ　（静かに微笑み）……。
文吉　あん男は？
チナツ　みなさんと。文吉さんに布団がとられてしもうたがら。
文吉　（苦笑まじりに）ちぃと食い過ぎただりかね……。

チナツ　ちぃとじゃないがっさ……。
文吉　ごめんちゃい……。
チナツ　……。
文吉　あん男に……
チナツ　フジオさん？
文吉　フジオん奴に仕事ん口きいてやろうか思うんだり。うちん工場《こうば》。どんがら思う？
チナツ　なん……？
文吉　働き口だり。一文無しだがろ。仕事がらせんと生活していけんがっさ。先月池田んサブ公辞めた分、誰かおらんかて権藤さん言うてたし。
チナツ　（訝しむように）……なんを企んどるんですか……？
文吉　なんも企んどらんよ。思いやりだり。どんがら思う。
チナツ　ええと思うだりよ……。

ナミコと富子が来る。

富子　チナツおばちゃん。
チナツ　なん？　帰るん？
ナミコ　富子ん裁縫ん先生がいらっしゃるんよ……あたしは挨拶がら済んだら戻って来るだり。
チナツ　そうだりか。ごくろうさん。（富子に）またね。

富子　はい。だいじょびだりか文吉おじさん。
文吉　だいじょびだり。ただん食い過ぎがっさ。義姉さんも、お騒がせしてしもうてごめんちゃい。
ナミコ　謝らんでええだりよ。お大事んね。
文吉　ありがとさん。
ナミコ　ほんだらね。
富子　ごきげんよう。
チナツ・文吉　ごきげんよう。

ナミコと富子、去って行く。
奥の間の明かり、消える。
居間の奥の襖から伸男が入って来る。

伸男　……。
佐久間　伸男くんだりか……わからんかった。
伸男　こんちは……。
佐久間　伸びたなあ……！（身長のこと）
伸男　伸びましたね。
佐久間　二メートルはあるがろ。

伸男　いえ、二メートルは。
佐久間　（聞いておらず）いくつんなった。
伸男　二十六です。
佐久間　二十六。四捨五入したら四十じゃないがらが。
伸男　三十ですね。
佐久間　（聞いておらず）へぇ二十六でまだ伸びるだりか。さすがん伸びくさる男と書いて伸男がっさ。（笑う）

その間に伸男はフジオと目が合って——

伸男　あれ……。
佐久間　三メートルも夢じゃないだりね……。
フジオ　こんにちは……。
佐久間　（フジオに）こん家の一人息子ん伸男くんだり。
伸男　（フジオに）なんでここんおるんだりか……？
フジオ　え……？
伸男　よかったがっさ。
佐久間　（伸男に）知っとるんだりかこん人んこと。
伸男　（フジオに同意を求めるように）ゆんべちぃとね。なんでこん家んおるんだり？

フジオ　会ったんですか僕に、ゆうべ……。
伸男　(面食らって) 俺だりよ。ゆんべがらちぃと暗がったがら。よかっただり生きてて。
フジオ　生きてて？
伸男　生きることとんしたんよね？ (チラと佐久間を気にして、フジオに) ごめんちゃい。(佐久間に) なんでもないだり。
フジオ　……死のうとしてたんですか僕。
伸男　なんがね他人事《ひとごと》みたいに。死のうとしてたがろあんた。
フジオ　え……。
佐久間　憶えとらんがっさ。
伸男　え。
佐久間　ちゅうとるんよ、こん人は。
伸男　(ギョッとして) 憶えとらんだりか、ゆうべんこと……⁉
フジオ　はい。ゆうべに限らず全部。
伸男　全部て、そいは大変やないがらが⁉
フジオ　はい。もう少し細かく教えてもらえませんか、ゆうべお会いした時の状況を。
伸男　状況もなんも。あんたが夜ん海ん中へズンズカズンズカ入って行くがら俺がら止めたんだり。ほんだらあんた「放っとかんね！」て言うなり逃げくさったんがっさ。(フジオの頭の包帯に目をやり) 怪我したんだりか頭。
佐久間　「放っとかんね！」て言うたんだりかこん人が？

伸男　東京弁だっただりが……だがら（と考えて）「放っといておくれよ！」（しっくりこずに、また考える）「放ってくれよ」……

フジオ　細かいことは結構です。

佐久間　あんたが細こう教えてほしいちゅうたんがろ。

勝子が台所の方から来る。

勝子　（伸男を発見して）ありゃ、あんたなんがね今頃ん。とうさんおらんよ。じいちゃんも。

伸男　材木屋んとこで見かけたがっさ、ごますり坂ん下の。おやじとじいちゃんと占部さんと菊地さん。

佐久間　（勝子に）追いついたんだりね。四人でがらお寺さん行ったんだりか。

勝子　（呆れるように）なん、とうさんおらんのが見図ろうて帰って来たんだりか。

伸男　富ちゃんは？

勝子　富子ちゃん？

伸男　帰っただりか？

佐久間　いんやおるよ。今ん帰るところがっさ。

伸男　（むしろバツが悪そうに）おるんか……。

勝子　とうさん怒っとっただりよ。そりゃ怒るがっさ、あんた国男おじさんにはばりんこ可愛ごうてもろうたんがら。

伸男　（突然語気を強めて）しょうがらなかろうが出とうなかったんがら！
勝子　お線香は？　あげたん？
伸男　あげんだり線香なんがら！
佐久間　どんがらしたん……？
勝子　今日ん法事ん出とうない言いくさってゆんべ家ん飛び出したんだりよ。
佐久間　なんでが出とうなかったんだり？
伸男　（濁すように）ええんよ……。
勝子　（佐久間に）言わんのよ理由が。（伸男に）なんがええんだり……。

ナミコと富子が戻って来る。

富子　あ伸男ちゃん。
伸男　おう……。
ナミコ　こんにちは。
伸男　こんにちは。（富子に）帰るんだりか。
富子　うん……（批難がましくではなく）なんでおらんかったんだり？
伸男　（皆に注目されて）今んおるやないがらが……。
富子　今んおっても……。お線香あげてくれただりか？
伸男　こいがらあげるところがっさ……。

富子　そう……。
ナミコ　（伸男に）ほんだらね。
伸男　……。
フジオ　伸男くん。
伸男　（面倒臭そうに）なん？
フジオ　さっきの話なんだけど――
伸男　わかっとるだり、あとでん。
フジオ　……。
　ナミコ、行こうとするが、娘が玄関への扉の前で伸男を振り返ったまま、行こうとしないので
ナミコ　富子？
富子　（伸男を見据えて）……。
ナミコ　行くだりよ。
富子　（伸男に）あげんのお線香？（「あげないの？」の意）
伸男　……。
富子　伸男ちゃん。
勝子　伸男。

伸男　あとでんあげるがっさ。（と台所の方へ向かいながら）今ちぃとが用事がら思い出した。
富子　（伸男の背に）伸男ちゃん……！
伸男　（立ち止まるが振り向かずに）なんだり……。
富子　なんがら変だりよ伸男ちゃん……。
伸男　……今度んなんがら食べくさりながら話そう……あんみつがらおごるがら。
富子　あんみつ。
伸男　おう。（行く）
フジオ　伸男くん。
伸男　（フジオに）あんたは俺ん部屋ん来るがえがっさ。
フジオ　はい。（立ち上がり、行こうと）
伸男　今んじゃないだり……！　もうちぃとがしてからよ！
フジオ　もうちぃと……はい。

伸男、去った。

勝子　伸男、話んまだ終わってないがっさ。
伸男の声　終わっとるよ！

勝子、伸男を追って去った。

ナミコ　フジオさん、もう伸男くんと仲良うなったんだりか？
フジオ　（曖昧に）あ、ええ、まあ……。
佐久間　フジオくんゆんべ、伸男くんと会うたんだり。
ナミコ　ゆんべ……？
佐久間　伸男くんがら言うには、こん人死のうとしてたがっさ……。
ナミコ・富子　!?（目を見開いてフジオを見る）
フジオ　……どうやらそのようです……。
ナミコ　（いたわるように）憶えてないんだりね……。
フジオ　まったく……。
ナミコ　（いたわるように）こわいんだりね、詳しい話聞くんが。
フジオ　そうなんです、こわいんです。
佐久間　（ナミコに優しくされているフジオへの嫉妬混じりに）そんだら聞かなければええがっさ。
フジオ　そうなんですけど……。
ナミコ　（呆れるように佐久間に）そうもいかんでしょう。
富子　（同じく）そうだりよ。
佐久間　（ややモゴモゴと）ほんだら、聞けばええがっさ……。
フジオ　ごめんなさい、僕が来たことでひっかき回すことになってしまって……。

ナミコ、フジオの目を見据え、言い含めるように――

ナミコ　フジオさん、人生がら前にしか進まんだりよ……じきん新しい正月がら来るし、ほっといても誕生日がらやって来るがっさ。

フジオ　そうですね……そうですけど……僕は自分の誕生日がいつかもわからないんです……！

フジオ、嗚咽しはじめる。

富子　ありゃあ……。

フジオ　（いよいよ泣きながら）ごめんなさい……！

ナミコ　（フジオにかけよって）謝らんでよ。フジオさん謝りっぱなしだり。不死身のフジオさんがろ⁉

フジオ　それは僕が言ったことじゃないんで……！

ナミコ　あ、ごめんちゃい……。

フジオ　今日から僕はどうやって生きていったらいいんでしょうね⁉　不安で不安で……押しつぶされそうなんがっさ……！

ナミコ　フジオさん……。

ナミコ、フジオの肩を抱く。

佐久間　おおげさだりよ……。

チナツと文吉が来る。

文吉　泣いとるんだりか……?

音楽。

照明、フジオのみに絞られる。

フジオ　伸男くんが話してくれた昨夜の出来事の話から、とくに得るものはなかった。とにかくゆうべ、僕は海に入って行こうとして、伸男くんが止めてくれた。僕は放っといてほしいという意味の言葉を東京弁で言って逃げた。それだけだ。きっと、僕はなおも死のうとして、なにかの拍子に頭を打ったのだろう。それで記憶を失くした……。先ほど、爪を切りながら考えた。そして決心した。もうこれ以上思い出そうとするのはやめよう。どうせ死のうとしていた人生だ。思い出せなくて結構、一からやりなおそう。僕が東京の人間なのかどうかはわからないが、今東京に戻って煩わしい思いをするより、この島で、過去を捨てて第二の人生を生きよう。

ナミコさんは言ってくれた。「人生がら前にしか進まんだりよ」。その通りだり。ええこと言うがっさ。この島ん人間はばりんこやさしくさい人ばかりだり。ところでん、石持さんお宅にライターやらん木魚やらん御経本やらん置いて行きくさったお坊さんは、お坊さんがら辞めて他所《よそ》ん奥さんと一緒に、舟で島を出て行ったそうだり。

音楽消え、波の音と共に小舟を漕いで海を渡っている坊主が浮かび上がる。舟には和服姿の女性が乗っている。二人共、笑顔だが、坊主の表情からは確固たる決断が窺える。

石垣の上で唖然としている一男、竹男、菊地、占部が浮かび上がる。

坊主、身に纏っていた袈裟や数珠などを次々に海に投げ捨てる。

音楽、再び。

フジオ　お坊さんがいつんお坊さんがら辞めようと決心したのかはわからんだり。あん日、石持さんお宅で国男さんにお経がら唱えくさってた時、お坊さんはどんがら思いだったんがろう？　もう辞めるんがらどうでもええがっさて思うてただりか？　そいともこいが最後んお経なんがら、今まで以上に精一杯……わからんだり……。ともかくがら、あんお坊さんも僕も、生まれん変わった。しびれ雲んせいで運気が変わったんかもしれんがっさ。

10月15日　水曜・雨。文吉さんの御好意で、なんがらこまいネジっこがら作っとる工場で、文吉さんと万作さんと一緒ん働かせてもらうことんなった。仕事はちぃとがらキツそうだりが、生きてがいくためだり、がんばるがっさ。

フジオの姿、消える。

3

雨の音。

島の甘味処。あんみつを食べている伸男と富子。富子は硬直した表情で手紙を読んでいる。

伸男　どうだり……ひどいがろ……？

富子　（手紙に目を落としたまま）まだん読み終わっとらん……。

伸男　ひどいんよ……おまえん読ませるべきがどうか、ずんばら悩んだんだりが

富子　（遮って）ちぃと黙ってて。まだがら読んどるんがっさ。

伸男　……。（店の奥に向かって）婆さん、水んがくれろ！（富子に）毛筆で読みにくいがろ……そんがらていねいに読まんでも……幻滅するだけだりよ……。

伸男、そう言って富子を見るが、富子は手紙を見つめ、伸男の言葉には反応しない。

シトシトと雨の音。

富子　（手紙を読み終わって）……。

仲男　読み終わっただりか……？

富子　仲男ちゃん。

仲男　なん？

富子　なんでがこんがらもんわざわざあたしん読ませるん……？

仲男　俺だってつらいんだり。こんがらもん見つけたくなかったがっさ。あん国男おじさんの、こんがらむき出しん実像がら露わんされた手紙。

富子　むき出し……

仲男　むき出しとるがろ⁉（手紙を読んで）こいがむき出されたおまえんとうちゃんの正体よ。本質よ。「明美さん、今夜も僕は貴女を想って眠れません。明美さんが僕を見る時の美しい顔、僕を呼ぶ時の可愛らしい声。思い出すだけで僕の心は熱く燃えあがります」。

富子　やめてくれろ！　不潔だり！

仲男　不潔だりよ……。むき出しとるんがら……。

富子　……こい、ほんだらにおとうちゃんが書いたんだりか……？

仲男　ほんだらよ。こん筆跡見れば一目瞭然だがろ。いつんもくれくさっとった年賀状ん文字と一緒だり。……謹賀新年の文字ん横んとこん毎年書いてあったがっさ、「誠であれ」。なんが誠実がっさ！

富子　（半べソをかきながら）だけんが、だけんがこんがらん不潔な……ほんだらにおとうちゃんの外套から出て来たんだりか……⁉

ぜんざい 二十銭
くずもち 十五銭
みつ豆 十銭

伸男　ほんだらよ。（と、今自分が纏っている寸足らずの外套を示し）こん外套だり。譲り受けたんよ。おまえんとうちゃん着てたがろこん外套、昔。寸法がらちんちくりんでずっとがら着んかったんよ……ほんがらこん内ポケットん……びっくらよ！
富子　（泣く）
伸男　泣くな。傷つきくさるんはわかるがっさ。だけんが今考えるべきは、おまえんかあちゃんことだりよ。
富子　おかあちゃん？
伸男　おかあちゃんよ。ナミコおばさん。こん人が死にくさって六年も経っとるんにナミコおばさん誰んとも結婚せんがろ⁉　結婚どころか他ん男にがら見向きもせん！　国男おじさんことを信じとるからだりよ。ナミコおばさんは――おまえんかあちゃんはこんがらひどい男ん今もだまされ続けとるんがっさ……！　不憫だとは思わんだりか⁉
富子　……。
伸男　おまえがらつらいんはようわかるだり。俺んつらさを、こう、三倍か四倍んして想像してみたがっさ。そりゃもうつらいわ、ずんばらつらい……！　だけんが、そこんをブンブカブーンとふんばるんがっさ。ふんばっておまえがナミコおばさんがこと救い出してあげるんよ。
富子　そんがらことでけるだりか……？
伸男　でけるがっさ。でけるて！　おまえんだけにしかでけんことをするんだり。（手紙の一点を指して）ほれ、ここんとこがらもういっぺん読んでみるがええがっさ。

富子　ええだりよ。（否定の意）
伸男　ええがら読むんだりよ……！
富子　……。（黙読する）
伸男　声ん出して！
富子　「明美さんという女を知ってしまってからというもの、僕は……」（耐えられず、読むのをやめる）
伸男　僕は……？　ほれ！　僕は⁉
富子　（再び読んで）「僕は妻の顔を見るのも嫌です。あの女は……」もうええ。
伸男　（乱暴に手紙をとりあげると代わりに読んで）「あの女はむっつりして味気なく、それでいてやけにおせっかいなところを見せるので閉口します。煮た豆をいつまでも噛んでいたりする実につまらん女です。あの女のいる家で暮らす僕の苦しみを救ってくれるのは、明美さん、貴女の『愛している』というささやきだけです」。
富子　伸男ちゃん。
伸男　なんがね。
富子　こん明美ちゅう人はどこにおるんだりか⁉
伸男　知らんよ。
富子　（以下、語気強く）調べられん⁉
伸男　調べられんよ。調べてどうするんだり。
富子　ぶちに行くんがっさ！

十銭
十五銭
二十銭

伸男　ぶちに行ってもしょうがらないがろう⁉

富子　ぶちたいんだり！

伸男　（ひときわ強く）ぶちたいだろうけれど！

富子　……。

伸男　ぶったってそんがらもん、「痛いっ！」ちゅっておわりだり。

富子　ほんがら、ばりんこ強くぶつがっさ……。

伸男　そんでも「ばりんこ痛いっ！」ちゅって終わりよ。

富子　……。

伸男　暴力ちゅうんはなんがらも生まんだり。

富子　……。

伸男　そんがことしてもおまえんかあちゃん喜ばんがっさ。

短い沈黙。

雨の音。

富子　（再び泣きそうになりながら）ほんだら伸男ちゃん、どんがらすればええんよ……。

伸男　ええか富子、おまえんでけることは三つだり。一つ目は、こんつらぁい手紙んナミコおばさんに読ませて、国男おじさんの本性を

富子　（遮って）そんがらことでけんよ！

伸男　……。

富子　でけるわけんないがろ！　バカなんだりか伸男ちゃん⁉

伸男　（一瞬絶句して）……でけんなら二つ目だり。ナミコおばさんにおじさんことがきれいサッパリ忘れさせて、どこぞんええ人と新しい人生がら歩ませるんがっさ。

富子　そいはむつかしいだりよ……おかあちゃんおとうちゃんこと大好きだもの……。

伸男　俺が言えるんはここまでだり……あとんはおまえが自分で考えろ。

富子　（「？」となって）三つ目は？

伸男　なん？

富子　三つ目。伸男ちゃん三つあるて言うただりよね？

伸男　（少し驚いたように）三つもあるて？

富子　言うただりよ。

伸男　……そんだら、数え間違いだり。

富子　なんがねそれ……。

店の婆さんが水を持って来た。

婆さん　水。

伸男　遅いだり……！　もう帰るとこだりよ。

婆さん　遅いんだり。

伸男　肯定がらされても……（飲もうとし、コップの中の水を見て）なんがら泡立っとるんはなんでだり？（とコップを置く）
婆さん　うん。
伸男　うんて。もうええよ。いくら？（とがまぐちを出す）
婆さん　二十銭。
伸男　（がまぐちを探りながら）婆さんいくつだりか？
婆さん　六十七だり。兄さんは？　十九？
伸男　お世辞なんがなんなんがわからんこと言わんでええだり。ほれ。（と払い）今日は爺さんは？
婆さん　散歩ん行っとるがっさ。
伸男　こん雨ん中？　浮気しとるんじゃないがらが？
婆さん　さあ、するにしても爺さんはあたしんわからんようにしてくれるだりから……
伸男　……あんたは幸せだりよ……。
婆さん　ありがとさん……。
伸男　（ボォッとしている富子に）富子、行くだりよ。
婆さん　（反応しない富子に）奥さん……！
伸男　奥さんじゃないがっさ。
婆さん　ありりゃ。
伸男　ほれ、富子。

富子　……。

二人、店を出て行く。

4

文吉、万作、そして新しくフジオが働き始めた、ネジを作る工場の休憩室。（外は雨が降っているので、3と同じ時間らしい）
文吉とチナツが暮らす部屋。（雨はやんでいる。その日の夜）
本場ではこの二つの場所と時間を行き来する。

部屋で内職（はま矢の飾りつけ）をしているチナツが浮かび上がる。
玄関の引き戸が開く音、続いて文吉の「ただいま」の声。

チナツ　おかえりなさい。

チナツ、玄関の方へ去る。
遠くで犬の吠えている声が聞こえる。
ほどなく、弁当の包みを手にしたチナツと、仕事場から帰宅した文吉が戻って来る。

チナツ　雨がらやんでえかったたりね。

文吉　うん……（内職道具を見て）なんがね、また別ん内職始めただりか。
チナツ　うん、時間もあるしね。鈴《すず》の玉入れがら夜はうるそうてでけんがら。
文吉　そんがら働かんでも、俺ん給料で充分がろう……。
チナツ　そうなんがらが、時間もあるしね……。

そんな会話をしながら、チナツは内職道具を部屋の隅に片づけ、脱がせた文吉の上着を持って一旦部屋を出る。

文吉　……。
チナツ　（部屋の外から）フジオさんどうだりか？
文吉　どうだりかてなんが。
チナツ　（同じく）あん人仕事には慣れくさった？
文吉　そんが、まだまだだりよ。ネジっこちゅうんはそう簡単にがら作れるもんじゃないがっさ。
チナツ　（入って来ながら）そうだりよね。早いとこん慣れるとええだりね。
文吉　今日んもあいつ権藤さんにがらドヤされっぱなしよ。まだまだよ。
チナツ　そう。紅茶飲むだりか？
文吉　飲む。

チナツ、再び出て行く。

文吉　……。

雨の音。
時間が遡った。
休憩室に入って来る権藤とフジオ。二人共作業着を着ている。傘をささずに向かいの工場から短い距離を小走りに来た様子。

権藤　（上機嫌で）こいはお世辞じゃないがっさ。おまえさんほど覚えが早い者《もん》は初めてだりよ。いんやあ有難い有難い。
フジオ　（謙虚に）権藤さんにそう言っていただけると心強いです。
権藤　似たような仕事にがら就いっとったんじゃないがらが？　経験がらないとあんがら上手くはいかんがろう。
フジオ　どうなんでしょう。そうかもしれませんね。
権藤　（煙草に火をつけて）いんやびっくらこいた。文吉ん奴なんがひっどいもんだったがっさ。今んもひどいけど。
フジオ　そうなんですか？　さっきも「慣れてる人はやっぱり違うな」って感心しながら見てましたけど。

権藤　なんが慣れとるもんがね。いまだんひん曲がったネジっこ作っとるがっさ。（部屋のエリアで二人を眺めていた文吉に）なあ文吉。
文吉　（あたかも最初から休憩室にいたかのように移動しながら、少し愛想笑いで）そんがらことないでしょう。そりゃまあ、たまぁにはちぃぃとひん曲がりくさることんあるだりが。
権藤　ちぃとて、あんどこがちぃとがっさ。こぉんだら（宙に手で蛇行した形を描いて）形しとるやないがらが。
文吉　（苦笑まじりに）しとりませんよぉ。
権藤　しとるだりよ。（とここまで笑顔だったが、急に真顔になり）おまえ何年やっとるんだり。ええ加減慣れんね……。
文吉　ごめんちゃい……。
権藤　気ぃ抜くとほんだら、ケガするだりよ。長谷部ん指んこと忘れとらんだりよね。
文吉　忘れとりません。
権藤　（再び態度軟化して）ま、仕方んないがっさ。人間には各々ん持って生まれくさった限界ちゅうもんがあるだりから。（二人に）午後も精出してくれろ。
文吉・フジオ　はい……。

権藤、休憩室を出て行く。

文吉　……気にすることんないがっさ。

フジオ　（面食らって）え……？
文吉　どうせんいろいろんこと言われたんがろ権藤さんに。
フジオ　言われました。
文吉　言うんだりよあん人は、思うてもないことを。気にせんでええ気にせんでええ。
フジオ　はい。
文吉　毎日ん楽しゅう仕事が続けることがら大事だり。
フジオ　（素直に同意して）そうですよね。
文吉　そうだりよ……。フジオ、おまえ昼飯は？
フジオ　おそらく今日もやよいさんが、万作さんのお弁当作るついでに僕のも。
文吉　（茶化すように）至れり尽くせりだりねえ。
フジオ　ほんだらに。文吉さんには感謝してもし尽くせません。
文吉　（自分の弁当の包みを出し、開きながら）ええんだりよ。
フジオ　愛妻弁当ですか。
文吉　（冗談めかして）悪妻弁当だりよ。

文吉、弁当箱のフタを開ける。

フジオ　ばりんこうまそうだりね。
文吉　（冗談めかして）やらんだりよ。

フジオ　（同じく）ありゃ、残念がっさ。

二人、楽しそうに笑う。

やよいと、作業着姿の万作が来る。

やよい　おったおった（傘を閉じながら）こんちは。

文吉　来くさった。

やよい　なんだりか。（弁当を掲げてフジオに）お疲れさん。今日んはきのこと鳥皮とコンニャクん炊け込みごはんだり。

万作　お出た！　妹ん炊け込みごはんは絶品がっさ！

フジオ　雨ん中ごめんちゃいね。ありがとさん。

万作　（やよいに、フジオのことを）な、ホラ、たまぁにこん島ん言葉んなるんだりよ。

フジオ　（やよいに）ちぃとずつね。

文吉　（フジオに）ええだりね。炊け込みごはん。

フジオ　ええでしょ。

やよい　文ちゃんの分も作ってきてあげただりよ。

文吉　俺ん分も？

万作　バカチン、おまえ目ぇ見えんだりか。（文吉の手元の弁当を指して）こん人にはチナツさんがら作ってくれた弁当があるだりよ。

やよい　ほんだらそいとこいと両方が食べくさればええやないがらが。
万作　両方ておまえ。（と言うなり納得して）そうか。両方か。
文吉　そうだりね……。
フジオ　ですけど文吉さん、そんがら食べくさったら胃袋ん方がら……
文吉　そうね……。
フジオ　そうだりよ。
やよい　半分ずつ食べくさればええやないがらが。
文吉　……だけんが、こっちん弁当ん方は食べきらんと……
万作　そうだりよ。文さんチナツさんに怒鳴り殺されるがっさ。「なんでがら残しくさるんだりか！　もう弁当なんが二度とん作らんがらね！　一生お湯でも飲んどればええがっさ！」。
文吉　そんがら鬼みたいんこと言わんわい！
万作　ごめんちゃい。
文吉　人ん女房をなんだと思うとるんだり……。
万作　ほんだらにごめんちゃい。
文吉　（きっぱりと）ええよ俺は。チナツん弁当あるがら。（やよいに）ごめんちゃい。
やよい　（内心やや不満なのだが）ええだりよ。ついでんやがら思うて勝手ん作ってきたんがら……。
万作　そうだりよ。いただきくさります。

フジオ　いただきくさります。

皆、弁当を食べる。

フジオ　美味い！
やよい　ありがとさん。
万作　美味いんだりよ、こいつん炊かれる炊け込みごはんは。妖怪炊け込み女よ。
やよい　フジオさんのにはつくねだんごも入っとるだりよ。
フジオ　本当だ。
万作　（「⁉」となり）なんでこいつのんにだけ入れるんだりか⁉
やよい　だけじゃないだり。文ちゃんに作ってきたんのにも入れたがっさ。
万作　（ますます「⁉」となり）ほんだら俺にこっち（文吉にあげようとした弁当）食わせろや！　文さん食わないんがら！
やよい　だめだりよ。
万作　なんでよ！
文吉　つくねだんごか……。
皆　（文吉を見て）……。
文吉　つくねだんごだけ戴くだりかね……。
やよい　そうだりか？

フジオ　文吉さん、やめといた方が。つくねだんご食べたら絶対炊き込みごはんも食べちゃいますから。
文吉　食べんよ。
フジオ　いや絶対食べちゃいますって。美味いんですから。
文吉　……食べたとしてもちぃとだりよ。
フジオ　ちぃと食べるともうちぃと食べたくなるだりよ。
文吉　だけんが……。

部屋のエリア。チナツが紅茶を二つ持って戻って来る。
雨の音、消えている。

チナツ　お弁当おいしかっただりか?
文吉　(休憩室から動かぬまま) 美味かっただりよ。もちろん。
チナツ　文吉さんいわしん梅煮好きだがら。今日んは特別がら上手ん煮えたんよ。
文吉　そうだりか……。
チナツ　なん……?　ちぃとがらしょっぱくさかっただりか?
文吉　んん、ええ塩梅だったがっさ、上手ん煮えとっただり。
チナツ　よかった。紅茶が飲まんの?　冷めるとまずくなるだりよ。
文吉　飲むだりよ。

文吉、部屋の方へ移動する。（それに伴って休憩室の明かりが暗くなる）

チナツ　がんもどきんぎんなんもばりんこ沢山入っとったでしょ。

文吉　入っとったねばりんこ。美味かった美味かった。どれ。（と紅茶を飲む）

チナツ　里芋ん煮っころがしも消化にがらええと思うて。

文吉　うん。（と受け流して、話を変え）今朝ん輪島さんとこん干物《ひもの》、ずんばら雨降っとるんにしまっとらんかっただり。

チナツ　……。

文吉　あいはもう駄目じゃなかろうかね、あん干物がら。

チナツ　文吉さん、お弁当ほんだらにおいしかっただりか……？

文吉　美味かったて。美味かったがっさほんだらに。ションベン。（立ち上がり、去る）

チナツ　……。

チナツ、文吉が持って帰った弁当の包みを開け、弁当箱の中を見ようとフタを開ける。すぐに文吉が戻って来る。チナツ、あわててフタを閉じる。

文吉　（真顔で）なんでそんがら慌てて弁当箱開けるんだり。

チナツ　なんでてべつに……。

文吉　たしかめよう思うたんだりね……俺がほんだらに食うたかどうか……。
チナツ　……。
文吉　空っぽだがろ……？
チナツ　空っぽだり……。
文吉　（笑顔になって）食うたからよ。ばりんこ美味かったがらあっという間ん空っぽだり。
チナツ　うん……。
文吉　うん……。

文吉、再び去る。
雨の音。
休憩室明るくなる。
空っぽになっている文吉の（やよいが作った）弁当。

フジオ　あっという間に空っぽですよ……僕の言った通りでしょう。
万作　あん人、チナツさんの弁当食べられるんだりかね……。
フジオ　無理して食べたら確実にまた胃痛を起こすと思うんですけどね……。
万作　（大きな溜息と共に、咎めるようにやよいを見る）
やよい　（ので）なんがね。あたしは知らんだりよ。文ちゃんが食べたくて食べたんがらが。

お茶を手にした文吉が休憩室の扉を開けて入って来る。
皆が注目する。

文吉　(視線を浴びて)……なんがね……お茶がら持って来ただけだり。
万作　お茶でん一気ん流し込む作戦だりね。
文吉　やかましい。黙っとれイボギツネ。
万作　イボギツネだり。
文吉　(弁当を見つめるが食欲湧かず)……。
フジオ　文吉さん、本当に無理して食べない方がええだりよ。
文吉　無理と違うがっさ。今胃袋ん薬も三袋飲んで来たがらだいじょびだり。
フジオ　いや……食べたくないんですよね……?
文吉　食べたいよ……。
フジオ　心は食べたくても胃袋は食べたくないんです。チナツさんだって、きちんと事情を話せばわかってくれますよ。
文吉　(何を言い出すんだという表情で)……わかってくれるわけないがら。今日はあいつ特ん気張って弁当作りくさってたんがら……ことこまかん感想聞かれるだり。

工員仲間の輝彦が困惑した様子で来る。

輝彦　ああやよいちゃん、こんちは。
やよい　こんちは。
輝彦　ご苦労さんだりね。
万作　輝彦さんどうしたんだりか……？
輝彦　いんやね、犬コロおるがろ。いつもがら工場ん裏口んあたりんおる野良犬。
万作　ああ、足んびっこが引いとる犬。
やよい　ああ、あん子まだん仔犬だりよね。
輝彦　今んも雨んがら濡れてクゥンクゥンちゅうて鳴きくさっとったがらね。腹が減らしとるんじゃなかろうか思うて。わしんもう自分ん弁当がら食うてしもうたがら……ゲロゲロんでもして食わせてやった方がええだりかねぇ。
万作　いくら腹減らしとっても輝彦さんのゲロゲロ食わせるのは不憫がっさ……。
輝彦　そうだりよねぇ……なんがら余りもんでもあれば……。

文吉が不意に立ち上がる。
皆、文吉を見た。

文吉　……。

チナツ、空になった弁当箱の中に何かを発見し、血相が変わる。犬の毛である。

チナツ　なんがねこいは……（休憩室のエリアにいる文吉に聞こえるように）なんがねこいは！
（返事ないので）文吉さん！

チナツ、先ほど文吉が引っ込んだ方へと去る。
雨の音、高鳴って――。

5

菊地が働くスナックである。
カウンターの中に菊地。客で来ている占部。店内には音楽が流れている。

菊地　坊さんて、あん時ん坊さん……⁉
占部　あん時ん坊さんだりよ。手紙がらよこしくさったそうなんだり、東京がら。
菊地　東京がら。なんちゅうて。
占部　お詫びん手紙がっさ。
菊地　お詫びてなんの？
占部　「実んはあん日はお経に身が入っとらんかった」ちゅうて。
菊地　ああ……詫びられてもねえ。
占部　そうなんだりよ。石持ん家族も困惑しきりがっさ、坊さん方がらそんがらこと言ってこんだら知らんで済んだちゅうて……。
菊地　だりよねぇ……。よっぽど辞めたかったんだりね……ナミコさんの憶測通りだったがっさ……。
占部　あん人ああ見えて勘がええんだりよねぇ……。

菊地　ええだりよ……。（ハタと）石持ん病気ん時だってそうだったがっさ。おまえがら雑な検査しくさって「だいじょうびだり、健康そのものだり」なんて言うたけど、あん時ナミコさんは心配して……（落ち込んでいる占部に気づいて）ごめんちゃい。

占部　あん時ん石持はほんだらにまだがらなんでもなかったんがっさ……。

菊地　そうだりよ……。

占部　雑な検査て。（突如ヤケのように）ああそうだりよ！　どうせがらわしは女房ん病気も治せんかったヤブ医者だり！

菊地　そんだらことないて！　医者ん自らヤブ医者だて言い始めたらおしまいだりよ。

占部　……。

菊地　（話を変えようと）あホラ、憶えとるだりか？　学生時分、四人で隣ん島ん遊びん行った時。あん時「大薮病院」て看板がらあって、石持ん奴が「よくつぶれんだりなぁ」て。（笑って）あん病院と較べれば

占部　較べるな！

菊地　うん……。

占部　他人《ひと》んことより自分はどうなんだり。

菊地　え？

占部　相変わらず音沙汰なしだりか。

菊地　いんや……ちょこちょこ見かける。

占部　カミさん⁉　どこでん？

菊地　あちこちで。
占部　なんがね会っとるんだりか。
菊地　いんや会っとるんがらなくて、見かける。
占部　見かけるてなんがね。
菊地　一方的ん見かけるんがっさ。俺ん気づいとるんかどうかはわからんだり。
占部　話しかけんね。女房なんがらおまえん！「なんでが一言んもなく出て行きくさったがらが⁉」ちゅうて。
菊地　だけんが、いつもん知らん男と一緒んおるがら……。
占部　……。
菊地　いつか一人ん時がら見かけたらちぃと話しかけてみるがっさ……忙しそうでなかったら……。
占部　そうだりか……。
菊地　お代わりは？
占部　うん、お代わり。

佐久間が来る。

菊地　あ。
佐久間　おう。

占部　噂んすればだり。
菊地　そいは噂をしとった時に言う言葉がっさ。しとらんかったやないが噂。
占部　(言い直して) 噂んしよう思うとったらだり。
佐久間　するな噂。どうせがら悪口がろ。
占部　悪口と違うがっさ。わしらも結婚なんがらせんで独身がら貫けばよかっただりかねっちゅう話よ、おまえんみたいに。
佐久間　(よくわからず) なんがね……。
菊地　(笑って) なん飲むだり。いつもんか。
佐久間　いつもん。
占部　呼び出しといてずんばらな遅刻やないだりか。
佐久間　ごめんちゃい。
占部　お詫びんケーキは。
菊地　勘弁してあげんね、不景気なケーキ屋さんなんがら。
佐久間　ほんだらのこと言わんね。
菊地　(気に入ったのか、ボソリと) 不景気なケーキ屋さん……。
佐久間　気に入るな。
占部　(佐久間に) ほんで？　なんがね。
佐久間　うん。(占部に) ほら、なんちゅうたっけ名前、あん男。
占部　誰だりよ。

佐久間　オルゴール会社ん社長ん次男坊。弟だりよおまえん患者の。
菊地　繁坊、井上の。
佐久間　繁坊。
占部　繁坊がなんだりか……？
佐久間　ええと思わんだりかあい、富子ちゃんがらお婿さんに。
占部　駄目だりよ。あん男もうこん前決まりくさったがっさ。
佐久間　決まりくさったて、お嫁さんだりか……？
占部　そうだり。なんがらなまこみたいなお嫁さんだり。
佐久間　ありゃあ。決まっちゃっただりか、なまこに。
菊地　富子ちゃんのお婿さん……？
佐久間　いんやね、引き受けちゃったんがっさ……。
占部　なんを。
佐久間　あいつがら丁度んええ思ったんがらが。他ん誰かおらんだりかね。
菊地　あいつなんがどうだりかね。郵便局ん金子。
佐久間　駄目だりよあんがら気取り屋。
菊地　落第だりか……。
占部　煙突屋のネギ坊は？
佐久間　（とんでもないとばかりに）駄目よ、あんがら四十過ぎてのべつまくなしん青っパナがたらしとる男。廃人がっさ。富ちゃんのお婿さんだりよ⁉

占部　なん興奮がしとるんだり。
佐久間　(二人に) ナミコさんの一人娘だりよ。へんちくりんな男んやりたくないがろ?
菊地　そりゃそうだり。ほんだらにええ子やがらね、富子ちゃん。
佐久間　ええ子だりよ……清潔で……素直で……明るくて……。
菊地　ええ子だりよ……ほんだらに……。

別のエリア、ナミコと富子が暮らす部屋に富子が入って来る。

占部　(二人を見ずに) わしはどっちとるか言われたら、おふくろん方だりね……ありゃええがっさ……。
菊地　(面食らって) どっちとるかてなんだりか。
占部　ナミコさんよ。
佐久間　とらんでええよ。
占部　とらんけど。
佐久間　今んどっちとるかなんがら話んしとるんじゃないがっさ!
菊地　そうだりよ!　富子ちゃんのお婿さんがら話だり!
占部　(二人の語気には動じず) だけんが、ナミコさんだってもうそろそろええがろ……。
菊地・佐久間　……。
占部　あん人ももう四十だりよ……いくんならもうそろそろいかんと……。

三人　……。

スナックの照明、消える。

6

ナミコと富子が暮らす部屋。
ナミコが入って来る。

ナミコ　ありゃ富子。いつん間に帰っとったんだり。あんみつ美味しかっただりか？
富子　（微笑みはするが）うん……。
ナミコ　そう。良かっただりね。伸男くんとなんの話がしたん？
富子　伸男ちゃんがお友達とがら喧嘩しくさって、どんがらしたらええかて相談されたんだり。
ナミコ　ありゃ。どっちんが悪いん？
富子　伸男ちゃんだり。全面的ん。
ナミコ　（少し驚いて）全面的ん……そう……。ほいで？　富子はなんて言うたんだりか？
富子　「悪いんは伸男ちゃんなんがら『俺が悪いかった、許してくれろ』ちゅうて何べんでも謝りんね」て言うたがっさ。
ナミコ　（笑う）
富子　（ので）なんだりか？

ナミコ　んん、おとうちゃんそっくりが思うて、富子んそんだらとこ。
富子　そっくり？
ナミコ　そっくりよ。（懐かしそうに微笑んで）富子憶えとる？　松山ん行った時んこと。
富子　（もちろん、というニュアンスで）憶えとるだりよ。
ナミコ　あん時宿屋のお女将さんほんだらに綺麗で……。
富子　（表情曇り、ムキになったような口調で）憶えとらん。
ナミコ　帰りがけに国男さん、あたしに土下座したんよ。
富子　土下座？
ナミコ　「女将さんがこと『綺麗だりなぁ』て思うてしまった」ちゅうて。「ほんだらに申し分けない」て。思うただけよ。そんがらおかあちゃんだってがら思うただりよ、あん人綺麗だったもの。そいを「もう二度と思わんから許してくれろ」て。おかあちゃんが「思うたぐらいええよ」ちゅうても「いんや悪いもんは悪い」て……。あんがら律儀ん人はおらんがっさ……。
富子　思い出しただり、あんお女将さんね。
ナミコ　綺麗ん女将さん。
富子　……名前がらなんちゅうただりかねあんお女将さん……。
ナミコ　お名前？
富子　「あ」がついとっただりか。
ナミコ　「あ」？

富子　「あ」とか「け」とか。
ナミコ　つかんよ。紅子さんだり。
富子　紅子さん。
ナミコ　そいがら宿ん名前が紅花だったんがっさ。
富子　そうだりか……。
ナミコ　あいがおとうちゃんと旅行がらした最後だっただりねぇ……モミジん葉っぱがらばりんこ綺麗で……。
富子　そうね……。
ナミコ　おとうちゃん楽しそうだったねぇ……。
富子　（泣き始める）
ナミコ　富子……？　なんがね、どんがらしたん？　アンパン食べる？
富子　いらん……！
ナミコ　どんがらしたんよ。
富子　どんがらもせん！　まったくどうがらもせん！
ナミコ　ほんだらに？
富子　ほんだらよ。ただ泣いとるんがっさ！　犬コロみたいなもんだり！　ごめんちゃい！
ナミコ　ええんだりよ、言いたくない理由がらあるなら言わんでも。
富子　（母親を見て）……。
ナミコ　富子とおかあちゃんはここ（心）でつながっとるがら、全部が言わんでもええんだり。

富子　（さらに泣く）

ナミコ　富子……。

富子　おかあちゃん……！

ナミコ　羊羹食べる？

富子　食べる。

ナミコ　ありゃ、食べるんだりか。

二人、（富子は泣きながら）笑う。

ナミコと富子の部屋の照明、消える。

7

フジオの独白。

この台詞の間に、舞台は再び（2場と同様の）石持家（及び1場と同様の海沿いの場所）へと転換される。


フジオ　12月6日　土曜・曇り。今日、ネジん工場でがら初めてんお給料を戴いた。万作さんに居候代でが半分こ渡して、残りんお金で新年のためん新しい服がら買おう思うとる。なんがら気持んがワクワクするだり。

こん頃はおかしな夢をみくさることものうなって、夜んは波ん音と梟ん声であっちゅう間に寝こきくさる。朝んは波の音と、なんがらめんこい小鳥の囀りで、ぱちりんこんとが目ぇが醒める。会う人会う人に「顔色がら良くなったねえ」て言われるんはばりりんこ気分がええがっさ。

そいがら、なんと今夜は僕ん誕生日がら祝ってもろうた。ひょんなことがら、今日んが僕ん誕生日んなったんがっさ。


波の音。夜。

フジオが語る中、家の扉が開いて、万作が出て来ていた。

万作　なんがくだらんことん喋りくさっとるんがっさ。
フジオ　くだらんことでは――
万作　（遮って）ええからほれ、ジャンケンポンだり。
フジオ　なん？
万作　言うたがろ、負けた者《もん》が薪を集めてくるんがっさ。
フジオ　だがらそいは僕がら行って来ますて、居候ん身なんがら。
万作　ええて！

やよいも家から出て来ていた。

やよい　（呆れたように）公平に決めくさりたいそうなんだり。（フジオに）ほんだらあたしがら負けてもフジオさん行って来て。
フジオ　ええだりよ。
万作　なんが言うとんだり！　だめだりよ！　負けたもんが行くんがっさ！　せーの、ジャンケンポン。

フジオとやよいはパーを出し、万作はグーを出す。

万作　（ひどく落胆して）……。
やよい　ほんだらよろしゅうね。

やよい、そう言い捨てると、サッサと家の中へ戻って行く。

万作　（うつむいて）……。
フジオ　……そんがら落胆がせんでもええでしょう……。
万作　……。
フジオ　行って来るだりよ僕。
万作　（顔を上げて）そうだりか？
フジオ　行って来るだりよ。
万作　すまんだりね。
フジオ　ええんよ。
万作　ほんだら。行ってらっしゃい。（すでに家に戻ろうとしている）
フジオ　行ってきます。（行きながら、苦笑まじりにボソリと）なんがらんためんジャンケンポンだったたんだりか。
万作　なん？
フジオ　なんでもないだり。

フジオは薪を集めに去り、万作は家の中へ。
万作が扉を閉めると同時に照明が変わる。
そこは石持家。
波の音もやんでいる。
奥の襖が開き、竹男と勝子の後を、ナミコ、富子が入室してくる。

勝子　（ナミコに）よくがらわからんだりが、ジャーナリストんなりんさったらしいんよ。
ナミコ　あんお坊さんが？　なんがねジャーナンリストて。
勝子　わからんのよ。手紙ん書いてあったんだり。

ナミコ、仏壇へ行き、手を合わせる。
富子、ひどくおざなりに手を合わせ、すぐにやめて仏壇から離れて行くのを、竹男と勝子、見ていた。

ナミコ　富子、拝んだ？
富子　拝んだだり。
ナミコ　……。
竹男・勝子　……。

妙な間。

勝子　座りくさって。富子ちゃんも。

ナミコ　ありがとさん。（座る）

富子　ありがとさん。（同じく）

竹男　ここんとこん毎日んように手紙がらよこすんだりよあん坊主、東京がら。

ナミコ　ありゃ、さみしいんだりか。

竹男　切手代も馬鹿んならんだろうに。

勝子　（台所に行きかけた位置で）お茶でええ？　晩御飯まだだりよね？

ナミコ　いんえ、さっきもう。

勝子　ありゃ。出前でんとりくさろう思うとったんだりが、うふぎでも。

竹男　だがらうふぎじゃないがっさ、うなぎて読むんだりあいは。

勝子　あ。

竹男　（呆れて）何べんがら言えばわかるんだりか。

勝子　頭でんわかっとるんだりが口がね。（苦笑）

ナミコ　お茶で。

勝子　はい。（台所へ去って行く）

ナミコ　ありがとさん。

富子　ありがとさん。
竹男　うふぎて……口んしょっぱくさくなるぐらいん言うとんに。
富子　(さほど気圧する言い方ではなく、竹男に) ええやないだりか……。
竹男　(やや面食らい) ええけどね……。
ナミコ　(柔らかく制して) 富子。
富子　ごめんちゃい……。
ナミコ　ごめんちゃい。
竹男　ええんよ……おやじ。

一男が台所の方から来たのだ。

一男　来くさった。いらっしゃい。
ナミコ・富子　こんにちは。
一男　わざわざんすまんだりね。
ナミコ　いんえ。
一男　こん頃ん寒うなってきただりねぇ……。
ナミコ　そうだりね。お義父《とう》さん膝っこん塩梅はどうだりか?
一男　まあまあだり……。
ナミコ　そう……お大事に。

一男　ありがとさん……（ややかしこまって）で、さっそくなんだりがね、実んは、わしらいよいよあんたに謝らんといかんがろう思うて。

ナミコ　謝るてなんを……？　いよいよ？

竹男　いんやね、国男ん七回忌も済みくさったし、「今ん言うてがやらんと」ておやじん言われて、わしもたしかんそうだりなて思うたんがっさ。

ナミコ　なんをですか……？

一男　ナミコさん、ごめんちゃい。（頭を下げる）

竹男　ごめんちゃい。（同じく）

ナミコ　……。

一男　あんた国男とばりんこ仲良うしくさってくれたがら、あんたをほんだらん娘んように思うてしもうてね……ずんばら甘えとったんがっさ。

ナミコ　（困惑して）そんがらこと……。

一男　だけんがあんたにはこいがら先、いくらでん可能性んあるんがら、いつまでん国男ん未亡人なんちゅう身でおることはないがっさ。

お茶を載せた盆を持った勝子が戻って来ていた。

勝子　ほんだらよナミコさん、ええ人がらおったら、いつでん気兼ねんなしんお嫁ん行ってくれろ。

ナミコ　そんがらこと言わんで。あたし勝手んこんがらしとるんがらが。
一男　いんや、頼むがら遠慮せずん、どこがらでもお嫁ん行ってくれろ。
ナミコ　どこがらでもて言われても……
竹男　もっとがら早くん言うてあげるべきだったんだり。
勝子　そうだりよ。ごめんちゃいね。
ナミコ　謝らんでください。あたしはこん家ん嫁ですがらが。
竹男　そいがいかんのよ……！
勝子　そうじゃないんよナミコさん。
竹男　このまま時がらズンズカ過ぎてん、あんたが未亡人がまんま年寄りんなるんは、わしらもずんばらつらいんがっさ。
ナミコ　だけんが……
勝子　富子ちゃんはどんがら思うん？
富子　つらいだり……。
ナミコ　富子もつらいん⁉
富子　つらくないだり。
勝子　どっちだりか。
富子　……わからんです……。
勝子　誤解がらせんでね、そりゃあ私らだってあんたんこと大好きよ。あんたとはこいからも仲良うやって……お義父さん？

一男が不意に立ち上がったのだ。

竹男　……どんがらしたんだり。便所だりか？
一男　（答えずに台所の方へ歩き出す）
竹男　おやじ。
一男　（あらぬ方向を見たまま、ボソリと）かまぼこが足らんのよ……。
竹男　なん？

一男、行ってしまった。

勝子　かまぼこ？
ナミコ　かまぼこが足らんて言うてましたね……。
竹男　なんがねこんがら大事な話しとる時ん……。
勝子　お腹がらすいたんだりか。
竹男　だからてなんもこんがら妙な頃合いで行かんでもええがろ。なんがねかまぼこが足らんて。
勝子　（台所の方に向かって歩きながら呼んで）……お義父さん……！

勝子、台所へ去った。
短い間。

ナミコ　（竹男に）ごめんちゃいね、御飯がらまだんだっただりね。
竹男　ええんだりよそんがらことは。ほいで……なんだっただりかね。
富子　「みんなおかあちゃんがことが好きで、こいがらも仲ようしくさる」て勝子おばちゃんが――
竹男　ああ、そうだりそうだり。もしんナミコさんが再婚がらしくさっても、わしらは……どんがらした。

勝子が戻って来たのだ。

勝子　なんがろう……（台所を振り返りながら）お義父さん勝手口から出て行きくさっただりよ。
竹男　え……
勝子　なんが、「四十の手習いだ」言うて。お義父さん七十三だりよ!?
竹男　（強く）引き止めんねおまえは！

竹男、勝子、ナミコ、富子、台所の方へ走り去る。同時に波の音、大きく――

照明変わって、そこは海沿いの場所に戻る。
一男が鼻歌を歌いながら裸足でやって来る。

一男　♪

一男、ふと何かを思い出したかのように歌をやめ、少し引き返し、石垣の上の家の扉の前に立つ。

一男　（中に向かって）百舌《もず》さん。百舌さぁん。家賃の集金がら来たがっさ。百舌さぁん。今月ん家賃。

家の奥さんが扉を開ける。

奥さん　なんだりか……？（と開けて）石持さん……？
一男　家賃の集金んがら来たがっさ。
奥さん　家賃？　なんがら言うとるんですか。

このあたりで、集めた薪を抱えたフジオが戻って来る。

一男　なんがらて。百舌さんのお宅ん家賃がら

奥さん　（遮って）ウチは沼田だりよ。なんですか百舌さんて。（一男の足元を見て）なんでが裸足なんだりか⁉

一男　ああごめんちゃい、かえって失礼になるだりか思うて、お祝いやがらね。

奥さん　……。

フジオ　一男さん……？

一男　（フジオを振り返り、満面の笑みで）おお、あんただりか。久しん振りだりねえ……！

一男、奥さんのことは完全に忘れたかのように、石段を下りて行く。

フジオ　おとといんお会いがしたじゃないですか……。

一男　まあまあそんがらこと言わんで。

フジオ　はい？（裸足に気づいて）履き物んどんがらしたんだりか……⁉

奥さん　（フジオに）おかしいんだりよこん人。気ぃ狂いさったんがっさ……。

フジオ　⁉

一男　芋がら運んどるんだりかお祝いん。

フジオ　いんや、薪です……。

一男　ええだりね。一本もろうてええだりか。

フジオ　ええですけど薪ですよ……（奥さんに、小声で）お家ん連れて帰った方がらええです

奥さん　かね……？
一男　そうだりね……。
フジオ　……なんでがコオロギがら鳴きくさっとるんだりかね、十二月なんに……。
そいはそうだりね……。

短い間。
波の音。

奥さん　あ。

竹男、勝子、ナミコ、富子が、一男を捜してやって来た。

奥さん　（一行に）ああ、よかっただり。お宅ん一男さんがら……。

一行、奥さんに頭を下げる。

竹男　（一男に向かって）おやじ。
勝子　（奥さんに）ごめんちゃい。
一男　（竹男に）おう。すっかり御無沙汰してしもうて。

一同　……。
フジオ　（竹男に、やや言い難そうに）なんがら、ちぃと……おかしゅうて……。
竹男　（石段を下りて行きながら）おやじ、帰るだりよ。
一男　なんでだり。まだんええやないだりか。今日はお祝いなんがらが。
竹男　……。
一男　（駄々をこねるように）ええやないだりか、まだん。
竹男　（自分の履き物を脱いで）こい履け。怪我するだりよ。
一男　（履かずに）おう、ほんだらこい、芋。（と竹男に薪を差し出す）
竹男　……。
一男　焼いて食べんね。お祝いだり。
竹男　（受け取って）ありがとさん……。
勝子　（思わず一男に向かって）お義父さん、どんがらしてしもうたんですか……!?
竹男　おまえはええ！　ちぃと黙っとれ。
勝子　……。
竹男　おやじ、ほれ……こい履いて、帰ろう。
富子　おかあちゃん、
ナミコ　（富子に）ええがら。（一男に、明るく、やさしく）お義父さん、みんなでお家んがら帰ってお祝いがしましょう。お義父さんがおらんと始まらんでしょう。
一男　ああ……ナミコさんだりか……。こんたびはおめでとさん。

ナミコ　ありがとさん。さ、帰りましょ。
一男　そうだりね……。帰るだりか。
竹男　うん、帰ろう。帰ろ帰ろ。
フジオ　ほんだら僕は……。
一男　あんたも来んね。
フジオ　はい？
一男　あんたが来んでどうするんがっさ。あんたん誕生日だがろ。
フジオ　僕の……？
ナミコ　（話を合わせて）そうだりよ。フジオさんも来んと。フジオさんがおらんと始まらんでしょう。
竹男　そうだりね。みんなで祝うんがら。
フジオ　はい……ありがとさん。
富子　（不意に）コオロギが鳴いとる……。
勝子　……鳴いとるね……。

溶暗。

第二幕

8

ステージングの中、ナレーションでフジオの日記。


フジオ（N）　12月17日　水曜。

僕はこん頃、眠っとる間じゅう顔がらニヤニヤんしとるらしい。今朝んも、万作さんにそんがら言われた。理由んはわがっているだり。僕は今、恋をしているがら、そん人んことばかり考えてしまうんがっさ。

安江さん（あん人）の瞼の形やらん、睫毛の影やらん、頬っぺたんところの黒子やらんを思い浮かべるんは、何べんがら浮かべても浮かべ飽きるっちゅうことがないんがっさ。

他ん人も恋がらするとこんがら風になるんか知りたいが思うて、文吉さんに聞いてみた。文吉さんに、そいはあたりまえんことだと言われた。

波の音。昼。

1場と同じ海の近く。

万作の家から出てくるチナツ。やよいが追って出てくる。

チナツ　(やや憮然とした様子で)お邪魔がらしました……。

やよい　チナツさん。そんがムッチラせんでよぉ。

チナツ　しとらんよムッチラ。

やよい　しとるだりよ。しとるがろ。ごめんちゃい。

チナツ　そんがら謝りくさらんでて言うとるでしょ。やよいちゃん悪くないんがら。

やよい　悪いがっさ。お弁当ん持ってったんはあたしなんがら。

チナツ　食べたんはあん人だりよ。

やよい　(突如)あんたもわからん人だりねぇ……。あたしが作らんかったら文ちゃん食べんかったがろ⁉　食べようがないだり。ないんがらが!

万作、出てくる。

万作　(やよいに)なんがね。

チナツ　もうええから……。

やよい　よくないだりよ、あたしが悪いんがら！
万作　悪いと思うとるなら悪そうに言わんね……！
やよい　だけんが謝ると怒るんよこん人！
万作　怒られても怒り返しなさんなおまえんが悪いんなら！
チナツ　ええがら兄妹仲良う映画でもなんがらでも行きくさって来てください。こいは夫婦がら問ん問題なんがら。
万作　（やよいに）どうする。辞めるだりか今日は？
やよい　駄目だりよ。あん映画今日までがっさ。
万作　だけんがおまえ……勝手だりよ、呼び出してわざわざん来てもろうて……。
やよい　こっちんはなんとか仲直りんさせてあげよう思うて謝っとるんだり。文ちゃんが悪いかったみたいんなっとるがら。
万作　文さんも悪いがっさ……。チナツさん、ほんだらにごめんちゃい。
チナツ　……。
やよい　……行こ。ええだりよもうこんがらわからず屋。（サッサと行く）
万作　（チナツに）ごめんちゃい。（やよいを追いつつ）やよい！　おまえはそんがやがらええ人でけんのよ！
やよい　まわりにおらんだけだりよ！
万作　おまえそんがらムッチラしとって面白がれるんだりか映画。
やよい　面白がれんかったらあん人んせいがっさ。

万作　（チナツを振り向いて、再度）ごめんちゃい。
チナツ　……。

やよいと万作、去った。
先ほどから蟬が数匹鳴いている。

チナツ　（ギュッとしてあたりを見回し）蟬っこ……⁉

石垣の上をナミコが来る。

チナツ　お姉ちゃん……。
ナミコ　チナツ。なんがらしとんだり……。
チナツ　うん……。
ナミコ　（石段を下りてきながら）万作さんお宅？　文吉さん？
チナツ　（首を横に振りながら）やよいちゃんに呼ばれて……文吉さんもおるかと思うたらおらんかっただり……。
ナミコ　そうね……もう何日だりかね？　文吉さんが帰らんの。
チナツ　（即答で）十九日。
ナミコ　年ん越してしまうだりかね……。

チナツ　お姉ちゃん。
ナミコ　なん？
チナツ　あたし、文吉さんと別れるがっさ。
ナミコ　……なんが言うとんの……⁉
チナツ　もう決心がらしたんよ……。
ナミコ　よぉく考えた……？
チナツ　……熟考の末ん結論がっさ。
ナミコ　あんたが熟考の末ん結論て言うときはなんがらも考えとらん時だり。
チナツ　考えとるよ……！
ナミコ　（きっぱりと）考えとらん。あんたが熟考の末が言う時は考えとらん。
チナツ　……。
ナミコ　文吉さんは？　なんて言うとるん？
チナツ　知らんよ、帰って来んのやがら……
ナミコ　そうだりよねぇ……（蟬の鳴き声に気づいて、やはりギョッとし）蟬っこだり……。
チナツ　そうなんよ。
ナミコ　もうじきんお正月だりよ……⁉
チナツ　そうなんよ。
ナミコ　（蟬たちに向かって）もうじきんお正月だりよぉ⁉

蝉、すぐに鳴きやむ。

チナツ　あ鳴きやんだ。

ナミコ　なんがろ……まさかん夏が来くさった思うたんだりか。せっかちさんだりね。

チナツ　夏ん間ずーっと寝とって、慌てて出てきたんかもしれんよ。

ナミコ　そいだら寝ぼすけさんだりね。

二人、少し笑い合う。

ナミコ　（急に真顔になって）文吉さんのことまだん好きなんがろ？

チナツ　……わからん……もう好きやないと思う……わからん……。

ナミコ　わからんのなら別れるなんて言わんの。そんがら、やよいちゃん作ったお弁当食べくさったぐらいんことで……。

チナツ　食べくさったことはええんだりよ！

ナミコ　ええんだりか。

チナツ　ええんよ。だけんがあたしん作ったお弁当は⁉　言うただりよね、あたしん作ったお弁当がら食べくさったんは誰？

ナミコ　犬コロ。

チナツ　犬コロだり。

ナミコ　可哀想が思うたんがろ文吉さんは。雨ん濡れてお腹んすかしたびっこん仔犬だりよ。可哀想んかたまりがっさ。チナツだってあげたいな思うがろお弁当、そんがら犬コロんおったら。思わん？

チナツ　思うだりが……

ナミコ　思うんよ。

チナツ　違うんだりよ。そうじゃないんがっさ。あたしも最初は言うたんよ文吉さんに。「そいはええことしたねぇ」て。犬コロ喜んで食べくさってたて言うがら。

ナミコ　そうだりよ。ええことだり。あたりまえんことよ。

チナツ　だけんが違うんよ。こいは優先順位がら問題なんがっさ。

ナミコ　なんがね優先順位て。

チナツ　順番だりよ！　ええお姉ちゃん。

ナミコ　はい。

チナツ　もしんよ、もしん文吉さんがあたしん作ったお弁当がら先ん食べくさってたら？　犬コロは？　誰ん作ったお弁当食べくさっただりか？

ナミコ　(悩んで) もしんチナツん作ったお弁当がら食べくさってたら……？

チナツ　なんでわからんのよぉ！　やよいちゃん作ったお弁当でしょう⁉

ナミコ　ああ。やよいちゃん作ったお弁当だって、きっとん犬コロは喜んで食べくさっただりよ。なにしろんばりんこお腹んすいてたんがら。

チナツ　そんがらこと言うとるんじゃないんだりよ！　なんでがあたしん作ったお弁当よりあ

ん子ん作ったお弁当がら先ん食べくさるんだりかちゅうことよ！

チナツ　ああ、文吉さんがね？

ナミコ　文吉さんがよ！　そん前に、なんでがあん子、女房持ちん男にお弁当が作って来るんだりか⁉

チナツ　そうだりね……。

ナミコ　わかるがろお姉ちゃん、あたしん気持ち。

チナツ　わかるだりよそいは。

ナミコ　うん……。

チナツ　好きだがら焼け餅ん焼けるんだり。

ナミコ　……。

チナツ　ねえチナツ、別れるなんて言わんのよ。文吉さんに「好きだから一緒におってくれろ」て言うてみたらどうだり？

ナミコ　え……

チナツ　工場が行けば会えるんがろ？　会うて「ごめんちゃい」て謝りんね。

ナミコ　なんでがあたしんがら謝るんだり⁉　あたしなんがらも悪くないだりよ⁉　謝ってもらいたいんはあたしの方がっさ！

チナツ　あんたん方《ほう》から折れんと意地ん張り合いになるがろ？

ナミコ　知らんよ！

チナツ　知らんことないがろ？

チナツ　知らん知らん！　もうええがっさ！　お姉ちゃんにはわからんのよ！

チナツ、石段を上って行く。
フジオと佐久間が来る。

フジオ　ありゃチナツさん。
佐久間　ありゃこんちは。
フジオ　うちん訪ねて来たんだりか？　今日万作さんとやよいさん映画が行く言うて
チナツ　（遮って）訪ねとらん。ちぃと立ち話よ、お姉ちゃんと偶然会うたがら、
佐久間　ありゃナミコさんも……！
ナミコ　こんにちは。
フジオ・佐久間　こんにちは。
ナミコ　先日はありがとさん、ええ方《かた》を。
佐久間　ええ見合いだったがっさ。富子ちゃんどうだりか？　まだん考えとる？
ナミコ　ええ、まだんちぃと……
佐久間　そうですか……だけんが、そろそろ……
ナミコ　（話を変えて）今日んは？　どんがらしたんですかお二人で。
佐久間　今度はフジオくんの縁結びを。（やや冗談めかした口ぶりで）ここんとこんわしはすっかりがら縁結びん神様がっさ。

フジオ　（照れながら制して）佐久間さん。まだんわからんのですがら。
佐久間　まだんわがらんのですがね。
ナミコ　お相手は？　どんがら人だり？
佐久間　ナミコさん憶えとるだりかな、ウチん店で働いとる——
ナミコ　ああはい、ちぃとポッチャリがしてお餅みたいん、可愛らしい——あん娘さん。
佐久間　こん人給料日んケーキ買いん来てくれて、なんがらええ感じで見つめ合っとったんでね、先週引き合わせたんがっさ。
ナミコ　ありゃあ。おめでとさん……！
フジオ　ほんがらにまだんわからんのですよ。
チナツ　（微笑んではいるが、心こもりきらず）おめでとさん。ほんだら。
佐久間　チナツちゃん、せっかく会うたんがらみんなでんクッキーが食べんだりか？（と包みを掲げる）
チナツ　結構です。（歩き始める）
佐久間　ああそう。
フジオ　チナツさん。
チナツ　（立ち止まって）なん？
フジオ　文吉さん、毎晩ここんち来て寝とりますんで……。
チナツ　（内心「！」となって）……。
ナミコ　元気なんだりね文吉さん？

フジオ　ばりんこ元気です。
ナミコ　（チナツに）良かっただりね……！
チナツ　「もう戻って来んでええがら」て言うといてください。
フジオ　え。
ナミコ　チナツ待ちんね。チナツ！

チナツ、行ってしまった。

フジオ　（困惑した口調でナミコに）文吉さんにはここん泊まっとること言わんどいてくれて言われとるんで。伝言がらでけんのですよ……。
ナミコ　ええだりよ伝えんで。チナツん強がりだだり……。
佐久間　それぞれがらそれぞれん事情を抱えとるんだりね……泣くんも笑うんも疲れるだり……。だけんがチナツちゃんみたいん怒るんは、ありゃあ腹が減るだりよ。（笑う）

ナミコとフジオ、さして笑えず。

佐久間　（窺うように）ナミコさんはクッキー……
ナミコ　ごめんちゃい。こいがら塚本さんところでんお正月飾り作るんよ。
佐久間　そうだりか……フジオくん、（家を指して）すぐん行くだりから先ん戻ってわしん分が

フジオ　コーヒーでも淹れくさっとってくれろ。
フジオ　コーヒーなんがないがっさ。
佐久間　そんだらお茶でんお湯でんええがら。
フジオ　はい……（ナミコに）ごきげんよう。
ナミコ　ごきげんよう、縁談うまくいくとええだりね。
フジオ　いんや、ほんだらにまだん……。

フジオ、家の中へ去った。

ナミコ　上手んまとまるとええですね……。
佐久間　（フジオが家に入ったことを確かめて）まだんフジオくんにがら言うとらんだりが、実んは相手方ん御両親がね、ちぃとばかりん難色を……。フジオくん記憶がらないんちゅうんが、ちぃとねぇ……。そんがら人あまりんおらんがら……。
ナミコ　（抗議するように）しょうがらないだりよ失くなってしもうたもんは！
佐久間　うんしょうがらないんがらが、世間様ちゅうんはなかなかねぇ……。
ナミコ　（不満気に）ケチンボだりねぇ。
佐久間　ケチンボちゅうか……
ナミコ　（ハタと）そんだらまだんわからんのね？
佐久間　だがらまだんわからんてさっきも——

ナミコ　（遮って）ほいだらあたしらに言いふらしくさったら駄目だりよ佐久間さん！

佐久間　そうなんだりが、フジオくんがそわんこそわんこしとるがらついついが嬉しゅうなってしもうて。

ナミコ　……。

佐久間　（話を変えて）そいよりナミコさん。フジオくんがことより富子ちゃんだり。お世話んなって……。

ナミコ　たいそう気に入っとるんよあちらさんは。こいはまとめてしまいましょうよ。

佐久間　……もうちぃとあん子とよくん話してみますがら。

ナミコ　ええ男よ、なかなかんおらんがですよあんがら男は。学歴も家柄も収入も、もちろん性格もね。占部も菊地もあん男んならきっと富子ちゃんことん幸せんでけるて太鼓判押しくさっとります。

佐久間　あたしもそんがら思うてます。よくん話し合うてみますがら……。

ナミコ　富子ちゃんが片づけばね、ナミコさんの方も安心がして……。

ごく短い、妙な間。

ナミコ　あたしん方も？……安心がしてなんだりか……？

佐久間　（内心動揺しながら）安心がして、安心がらでけるちゅう……

ナミコ　そうですね……安心がらしてね……（考え込むような）

佐久間　ナミコさん、わしとがら結婚がしてくれんだりか？
ナミコ　……。（聞いていないようで）
佐久間　ナミコさん。
ナミコ　ごめんちゃい。今聞いとらんかっただり。なん？
佐久間　……なんでもないがっさ……。

波の音、高鳴る。

9

そのまま別のエリアがゴルフ場になる。
菊地と占部がゴルフをしている。
瞬時にゴルフウェア姿になった佐久間、移動してエリア内へ――

菊地　求婚したんだりかナミコさんに……⁉
佐久間　（自分でも信じられないと言うように）気づいたらしてたんがっさ。
占部　そいは完全なる抜け駆けやないがらが！
佐久間　ごめんちゃい……。
菊地　……そいだらナミコさんの返事は？　なんて⁉
佐久間　「聞いとらんかった」て。
占部　……なんを。
佐久間　わしんプロポーズん言葉を。
占部　なんじゃら……ほいでおまえは？　もういっぺん言うただりか。
佐久間　いんや。「なんでもないがっさ」ちゅうて終わりだり……。
占部　なんでがもういっぺん言わんのよ。

佐久間　二回も言えるかそんがらこと！
菊地　……ほいだら言わんかったと同じじゃないの。
佐久間　（ムキになり）同じじゃないがっさ……！
占部　同じだりよ。
佐久間　同じじゃないがっさ！　言うたんがら。もう言うてしもうたんがら……。
菊地　聞いてなかったんがろナミコさん？
佐久間　そうは言うてたけど……わからん。

間。

占部　そういうことだりか……。
菊地　聞こえとったんだりね、実んは。
佐久間　いんや、そいはわからん。わからんだりが、もしかんしたら——
占部　（遮って）聞こえとったよ。
菊地　うん、聞こえとった。
占部　大体がら聞こえんわけがないんがっさ、婆さんやないんがら。
佐久間　（そうは認めたくなく）あん人考え事しとったんだりよ……。
菊地　（首を横に振りながらやさしく）やさしさだりよあん人の……「お断りします」なんて言うたらおまえがらずんばら落ち込むがら、考え事しとるふりがしてくれたんだり。

佐久間　（落ち込んで）やっぱりりんそうだりかねぇ……。

その佐久間の様子を、占部と菊地、愉快そうに笑う。

佐久間　（ムッとして）なんが可笑しいんだりか、旧友がフラれて傷ついとんに……。
占部　（笑いながら）そん落ち込み方、おまえ昔っからちらんこも変わらんがっさ。なんでそんがらすぐん自信なくすんだりかね。
佐久間　なんでておまえらがやいのやいの言うがらだりよ。
菊地　元気出せ！　ナミコさんが聞こえとったかどうかなんてわしらにはわからんだりよ。見とったわけじゃないんがら。
占部　そうだりよ。
佐久間　うん……（少し機嫌を直して）からかうな！

10

万作の家の中。
狭い部屋の中、フジオ、万作、やよいが座っている。
コオロギが鳴いている。

万作　そいは……諦めるちゅうことだりか。
フジオ　（無理して微笑み）ええ、潔んよく。
万作　もう打っちゃったんだりか。電報。
フジオ　打っちゃいました……「こん話はなかったことに」て。
万作・やよい　……。
フジオ　面白かったですか、映画。
万作　ずっとん寝とっただりよ、俺もこいつも。
やよい　（そんなことより）なんとか今からでん説得でけんの？　先方の——安江さん？
フジオ　安江さん。泊《とまり》安江さん。
やよい　安江さんの御両親。
フジオ　ええんだりよもう……。

やよい　よくないがろ。好きなんだりよねえ……!?
フジオ　ええんだりよ……。
やよい　(万作を見る)
万作　だけんが、いかにももったいないだりね……せっかくん出逢いを。記憶がないぐらいんことで。
やよい　ほんだらよ。(フジオに)好きん同士なら駆け落ちがらなんがらすればええやないがらが。
フジオ　佐久間さんの話では、安江さん御両親に反対がされて泣いとったたって言うんだりよ……「親不孝はでけん」て……僕は、安江さんのそんがらところが一番ええところだと思うがら、駆け落ちなんがらとんでもない話がっさ……。こいは僕ん初恋だがら……乱暴なことはでけんのよ……。
やよい　……。
万作　初恋か……。
やよい　初恋だりよ。記憶がらないんだもの。
万作　(やよいに)初恋で駆け落ちは乱暴がっさ。
やよい　さっきは初恋とは思っとらんかったんだり。(憧れるように)ええだりねぇ、初恋……。
フジオ　ええだりかね……溜息しか出てこんだり……。
やよい　ええだりねぇ、溜息……。
万作　ええだりか？　しんどいんだりよ今こん人。

やよい　そいがええんだりよ……。
フジオ　しんどいだりねどうにも……胸ん奥がギューっとして……。
やよい　安江さんとは何べん会うたん？
フジオ　二回だり。お店ん中ん入った僕に、安江さんが言うてくれたんだりよ。「いらっしゃいませ」て。
万作　うん、言うだりよねそいは。
やよい　お兄ちゃんにはわからんのよ。
フジオ　初めて会うた時に交わした言葉は「いらっしゃいませ」「こんケーキが二つとんこんケーキが一つください」「一円二十銭です」「ありがとさん」「ありがとさん」……そいだけがっさ……あ、あとん「三十銭がらお釣りです」……言葉だけでん言うとそいだけだり……。
やよい　うん……言葉だけでん言うとだりよね……。
フジオ　しばらぁくがら見つめ合うとったような気もするし、そんがら長くはなかったんかも……わからんだり。佐久間さんが言うには、見つめ合うとった僕たちを佐久間さんが見つめとったんがっさ……。
やよい　ええだりねほんだらに……。
万作　佐久間さん？
やよい　佐久間さんは別ん良くないがっさ。（フジオに）二回目に会うた時は？
フジオ　一緒んうどんが食べて、近所んちんまい神社にお参りして、海ん見下ろしただり……。

安江さん、口ぐせんように言うんよ、「思うた通りだり」て、嬉しそうな顔んして……僕が「うどんに天ぷらがのせるだりかな」ちゅうたら「思うた通りだり」。「海ん眺めとるといつも鼻歌が出るんよ」ちゅうたら「思うた通りだり」。別れ際、安江さん姿が小さくなるまでん見送ってたら、大きな声で「思うた通りだり〜！」。こん人、いつの間にそんがら僕んこと思うてくれてたんだりかと考えたら……感激がらしてしもうて……。

やよい　（目頭を拭いながら）ええよもう……もう充分だり……。

フジオ　そう、充分よ。安江さんのおかげでええ思い出がでけたがっさ……だからもうええんだり……。

やよい　そうだりね……。

フジオ　だけんが……しんどいね……。（苦笑）

やよい　今んはしんどくても、悲しいかなわりぃとじきんヘイチャラんなるんよ。そんがら風に作られとるんだり、人間ちゅうんは。

フジオ　ヘイチャラんなんかなりとうないような気もするだりが……。

やよい　そいでもなるんだりよヘイチャラん……お兄ちゃんもあたしも、子供ん時分はよくんおとうちゃんとおかあちゃんのお墓ん前でメソメソ泣いて……憶えとるだりかお兄ちゃん（と見て）眠っとるがっさ。

やよいとフジオ、少しだけ笑う。

やよい　神様がらそういう風ん作ったんだりかね人間を。ヘイチャランなるんように……。
フジオ　神様だりかね……やよいちゃんと万作さんの御両親が、天国からんおまじないでヘイチャランなるようにしてくれたんかもしれんだりよ……。
やよい　そうだりかね……そうかもしれんね……。

短い沈黙。

フジオ　文吉さん今夜は遅いだりね……。
やよい　そうね……。
フジオ　早くんチナツさんとが仲直りがらでけるとええだりね、文吉さん……。
やよい　(やや複雑な思いで)そうね……。

眠っていた万作が、夢でもみているのか、笑った。

やよい　笑っとる……薄気味悪いだりね……(ものすごく揺さぶりながら)お兄ちゃん、ちゃんとがら布団がかぶって眠らんと風邪っこひきくさるだりよ。
フジオ　揺さぶり過ぎだりよ。
やよい　起きん。

やよい、ぞんざいに万作に布団をかけてやると、立ち上がって――

やよい　そんだらあたしもそろそろ寝るだり。
フジオ　おやすみなさい。
やよい　おやすみなさい。眠れんがろうが。
フジオ　眠れんだりね……
やよい　元気がら出して。羨ましいがっさ。

やよい、自分の部屋へと去った。
間。静けさの中、コオロギの鳴き声だけが聞こえている。

フジオ　安江さん……ありがとさん……。

音楽。

フジオ　（独白で）そいがら間もなく文吉さんが帰ってきんさった。毎晩ばりんこ上機嫌な文吉さんだりが、僕には今ん文吉さんが、ほんだらにはヘイチャラなんがではないっちゅうことがわかるがっさ。文吉さんはチナツさんのことが大好きなんだり。ほいだばがらさっきんチナツさんが、わざわざん文吉さんがことを訪ねてきてくれたんは、りんこ嬉しかった……僕も、きっと文吉さんも……。

フジオの独白の間に下手の万作の家は転換され、内装は消え、外装に戻る。

11

１場と同じ海の近く。
石垣の上の道をチナツが来る。
昼間よりだいぶ冷静ではあるが、緊張しているように見える。

チナツ　……。

チナツ、石段を下り、万作の家の前へ。

チナツ　（そんな声で聞こえるのかというような控え目な声で）こんばんは……こんばんは……。

玄関の戸が開き、フジオが現れる。

フジオ　こんばんは。
チナツ　聞こえるもんだりね……ごめんちゃい、寝とった？
フジオ　いんえ、日記がらつけとりました。

チナツ　ああ。ごめんちゃいこんだら遅くん……ちぃと近くまでん来たもんだりから。
フジオ　いんえ。
チナツ　……来とる？
フジオ　来とります。
チナツ　起きとる？
フジオ　寝とりますけど起こします。
チナツ　（制して）そんだらええんだりよ。またん明日にでも――
フジオ　起こすだりよ。チナツさん会いとうて来たんがろ、文吉さんに。
チナツ　（そう言われるとつい虚勢を張ってしまい）会いとうてちゅうか……まあ、会うてあげてもええかなて思うて。
フジオ　ええと思いますよ。会わんと。会えるんですがら。ちぃとがら待っとってください。（と行こうとして、振り向き）あ、文吉さんがここにおるて僕がら聞いたちゅうんは、これ（秘密）で。
チナツ　はい。

フジオ、家の中へ。

チナツ　（その背中に）ごめんちゃいね。

やや、間——

チナツ　（玄関戸を少しだけ、そっと開けて、部屋の中を覗き込むが、まだ文吉が来る気配はなく）……。（練習をするように）ごめんちゃい文吉さん……（やり直して）ごめんちゃい……ごめんちゃいね、あたしがら悪かっただり、ごめんちゃい。許してくれんだりか？（自分で文吉を演じて）「ええんだりよ。俺ん方こそごめんちゃい」ええんよ、文吉さん……好きだがら一緒におってくれろ……。

戸が開いて、寝巻き姿の文吉が来る。

文吉　（眠っていた様子で）なんがねこんがら遅くん。
チナツ　ちぃと……。
文吉　俺がここんおるて誰ん聞いたんだり。
チナツ　フジオさんだり。
文吉　（忌々し気に家の中を振り返って）……。
チナツ　文吉さん。
文吉　なんがね。
チナツ　ごめんちゃい……。
文吉　……。

チナツ　ごめんちゃい文吉さん。
文吉　ごめんちゃいはええから、なんの用だりか。
チナツ　(面食らって) だがら……ごめんちゃいちゅうんが
文吉　(遮って) そいはわかったがらなんの用だりかて聞いとるんがっさ……。
チナツ　ごめんちゃいが用だり。謝まりん来たがっさ。
文吉　(ようやくチナツの真意を理解して) ……ああ。
チナツ　ごめんちゃい……あたしがら悪かったがっさ。仲直りせん？
文吉　……うん。
チナツ　うん。(とそれはそれで嬉しくはあるのだが) 文吉さんは……？
文吉　なん？
チナツ　文吉さんは……？
文吉　俺がなんだりか……。
チナツ　だがら……(「謝らんの？」という言葉を呑み込んで) なんがら言わんの？
文吉　なんがらて……おまえがそんがら風に言うてくれて嬉しいだりよ……ありがとさん
……。
チナツ　(すっかり嬉しくなって) ううん……！　戻って来てくれるんだりね……？
文吉　そうだりね……。
チナツ　ありがとさん……！
文吉　ええんよ……ただん……

チナツ　ただん、なん？
文吉　ただん……いくつかおまえんにお願いちゅうか、直してもらいたいことがあるんだりよ。聞いてくれるだりか？
チナツ　ええよ！　なんだり？
文吉　まずんは朝めしんついてんことがっさ……おまえが毎朝早ぉ起きて朝飯が作うてくれるんはほんだらにありがたいと思うとるがっさ。
チナツ　当然ことよ。
文吉　思うとるだりが朝っぱらからカッチャカッチャカッチャカッチャやかましいんだりよね。いっつもあいで目が醒めてしまうんよ……！
チナツ　ごめんちゃい……こいからは気ぃつけるだり……。
文吉　そいがら、おまえん作るみそ汁は絶品だり。
チナツ　そう？
文吉　ほんだらに美味い。ばりんこ美味い。美味いだりが、俺はあん白ネギていうんがどうも好かんて前から言うとるよねぇ……!?
チナツ　……。
文吉　あん白ネギをなぁんで入れるんだりかねぇ……青ネギんしてくれてなんっべんも言うとるんに……。
チナツ　ごめんちゃい……
文吉　そいがら、おまえ自分が食べ終わったがらてサッサカ茶碗がら皿がら片づけくさるが

ろ？　俺はまだん食うとるんだり。俺はまだん食うとるんに自分が食べ終わったから
ちゅうてチャカチャカチャカチャカ、気が散るんよね⁉　消化に悪いんがっさ。胃袋
に。

チナツ　……。

文吉　そいがらキュウリん漬け物、なんでがあんがら細っこおく切りくさるん（だりかねぇ）

チナツ　（突如激昂し）もうええだりよ！　不可能だりそんだらこと全部直すんは！

文吉　（面食らってややひるみ）なんでよ。わけないがろう。ちぃとがら気ぃつければ（こん
がらこと）

チナツ　無理だり！　朝ごはんの部ぅだけでんそんがずんばら盛り沢山がこと気ぃつけてたら
身がもたんがっさ！

文吉　なんがね……そんがらこともでけんで、

チナツ　ごめんちゃいね！　なんもでけん嫁で！

文吉　でけるでけんやないがろう。取り組もうとすらせんそんずぼらさが問題なんがっさ！

チナツ　（一瞬絶句してから）もうええ！　二度と帰って来んで！

文吉　ああ帰らんよ！　なんがねごめんちゃいごめんちゃいて、謝りゃそいで済むと思うと
る。

チナツ　（再び一瞬絶句してから）大嫌いがっさ！

文吉　結構だり。二度と帰らんから、誰か他ん男見つけて幸せんなれ。

チナツ　……。

文吉　そいだら……（と戻ろうとする）
チナツ　ええんだりね……ほんだらに他ん男ん人とあたしがひっついても。
文吉　ひっつけひっつけ。俺んことは忘れろ。おやすみ。

文吉、家の中に去る。
チナツ、泣く。
フジオ、万作の家ではなく、別の扉を開けて出てくる。

フジオ　（独白で）せっかくん腹がくくって訪ねてきてくれたチナツさんの好意も、文吉さんわがままんせいで台無しだり。僕はなんがら悔しゅうなって、さっきこん日記がらつけとるえんぴつをボキリと折った。もったいないことをしたがっさ。

フジオ、万作の家の玄関戸を開けると、そこには受け答えするのを用意していたかのように文吉がいる。

フジオ　（文吉を批難するように）なんでがあんがらこと言うたんですか……！
文吉　わからん……（批難し返して）聞いてたんだりか……。
フジオ　ごめんちゃい……。
文吉　なんで俺がここん家んおること言うたんだり!?

フジオ　ほんだらにごめんちゃい……。

文吉、戸を閉める。


フジオ　……（独白を続けて）文吉さんは僕に「恋なんちゅうもんのなれの果てんは、こんだらもんだり」て言うたけど、やせ我慢よ。今ん僕には、文吉さんのほんだらの気持ちが手にとるようにわかるがっさ。今夜はきっと、僕も文吉さんも眠れんだり。

12月29日　月曜・晴れ。

こん間僕の誕生日がら祝ってくれた石持んお宅の一男さんは、あいがらも道で会うたんびん「おめでとさん」て言うてくれる。

今ん僕はちぃともめでたくなんかないだりが、そいでもそんが言うてもらえると心がほんわかして、嬉しゅうなるがっさ。

一男さん、ありがとさん。


この間に舞台は転換され、そこは石持家になる。

12

石持家。
昼間。蝉（ひぐらし）が鳴いている。
竹男が縁側で足の爪を切っている。

竹男　……。

奥の襖から小包を持った勝子が来る。

勝子　そん爪切り、切れんでしょう。
竹男　切れん。ちらんこも切れん。いらんこするがっさ。
勝子　そうなんだりよ。新しいん買わんとねぇ……。
竹男　サッサカ買わんね。
勝子　そうね……。
竹男　こんだらやりとり、もうなんべんもしただりよね……。
勝子　そうだりね……ついついがら忘れてしもうて。

竹男　（小包を）なんがねそい。
勝子　なん？
竹男　おまえが持ちくさっとる包みだり。
勝子　ああ、小包。東京からだり。
竹男　またあん坊主だりか。
勝子　ええ。なんだりかね。お歳暮かね。重とうて。
竹男　置けばええやないがらが。
勝子　そうだりよね……。（と置く）
竹男　なんがねおまえはどぶくさい……。開けてみんね。
勝子　はい。

勝子、小包を開け始める。
ひぐらしの鳴く声。

竹男　年末に蟬がら鳴いとるちゅうだけでん狂うとるんに、真昼間にひぐらしがら鳴いとるがっさ……。
勝子　（まだ小包を開けながら）ほんだらにねぇ……。
竹男　おやじは？　まだん寝くさっとるんだりか？
勝子　ええ、いびきがらかいて。夜眠らんから。今朝方もお義父さん、あたしんことがら勝

竹男　子さんだと思い込んで……
勝子　勝子さんやないがらが。
竹男　あたしじゃのうてお義母さん方の（勝子さんだりよ）
勝子　（遮って）わかっとるだり。わざと言うたんがっさ。
竹男　……。
勝子　おまえがなまじ勝子なんちゅう名前やがら……。
竹男　なまじて……あたしんおとうちゃんがつけてくれた有難い名前がっさ……。
勝子　もうええだり。（話を変えて）富子ちゃん、まとまりくさりそうなんだりよね、縁談。
竹男　（小包の箱の中から書類の束を出し、眺めるでもなく眺めながら）まだん富子ちゃんが悩んどるみたいだりね。なんを悩むんがろ、申し分ないお相手なんに……。
勝子　まとまりくさるがろ……。
竹男　だとええですね……。
勝子　富子ちゃん……伸男ん嫁っこにもろうてもええんやなかろかて思うとったんだりがね……。
竹男　そりゃあ富子ちゃんはええ娘やけど、わざわざんいとこ同士でくっつかんでもええやないですか。
勝子　（曖昧に）まあ、そうなんだりが……
竹男　（書類から目を離して竹男に視線を転じると、再び一男のことに話を戻し）お義父さん、長くなっとるんじゃありません？　おかしゅうなってる時間。

竹男　そんがらことないがろ……。
勝子　長くなっとりますよ、先おとといよりおとという、おとといより昨日。ほいだら今日は
竹男　（遮って）長くなっとったらなんなんだりか⁉　迷惑だりか⁉
勝子　そんだらこと……

竹男、ラジオをつけ、チューニングを合わせる。
我々の知らない、どちらかと言えば陽気な歌が流れる。
それは、例えば次のような歌詞の歌なのではないか。

♪　浮かぶ小島の　その上を
小鳥飛び交い　恋の歌
僕だけの　君の顔
青空に　浮かべ遊んだ
ああ幸せの　波はそよいでる
ああ幸せの　波はそよいでる

白い帆船《ほぶね》の　青い旗
胸は震えて　歌になる
君だけの　僕の声

春風に　のせて運んだ
ああ幸せの　波はそよいでる
ああ幸せの　波はそよいでる

遥か島影　故郷《ふるさと》の
はやる心が　口笛に
君からの　恋文を
繰り返す　僕の毎日
ああ幸せの　波はそよいでる
ああ幸せの　波はそよいでる

勝子　（少し聴いていたが、ふと）こい小次郎さん歌だり……。
竹男　あ……？
勝子　小次郎さんだりよ平塚さんとこの。いつんだったか、しびれ雲ん眺めとって突然がら歌い出したちゅう。
竹男　（やや、感心するように）こい小次郎だりか……。
勝子　小次郎さんよ……ええ声だりね……。
竹男　（再びしばらく聴いていたが）なんだったんだりか、小包。
勝子　（示して）なんがらん紙束よ。こんだらずんばら沢山。

竹男　なんの紙だり……？

勝子　手紙がついとります……（と封筒から手紙を出して読み上げる）「先日のお手紙でお伝えしたとおり、須山大介さんの極めて仔細なる経歴が判明致しましたので、ぜひともご本人にご拝読頂きたく存じます……」。誰だりか須山さんて……。先日の手紙ていつん手紙がらが。

竹男　封開けとらんがろ最近来たんは。鬱陶しゅうて。

勝子　開けとりませんよ。起きんさりましたか。

一男（寝巻き姿）が来たのだ。

一男　ずんばらよう寝たがっさ……。

竹男　もうじきん二時だりよ……。

一男　竹男、おまえお得意さん宛ん年賀状書き済んだんか？

竹男　ああ、まだがっさ。もうちぃとだり。

一男　早いとこ済ませんと。墨が磨《す》っとけ、わしも一言添えてやるがら。

竹男　わかった……。

と父親がヤケにまともなことを言うので、やや戸惑う竹男。

一男　（ラジオの歌を）……こん曲。小次郎ん歌だりね。
竹男　よくんわかっただりね……。
一男　（立ち上がり）小次郎ん曲がっさ。（しみじみと）ええ曲だり。

一男はそう言いながらラジオの前へ行き、スイッチを消す。

一男　……。
勝子　（苦笑して）なんでがら消しくさるんですかええ曲なんに。
一男　思い出したがっさ。二時過ぎだがろ？　あいやらんといかんのよ。
竹男　なんがね。続きだりか？　ゆんべの。
一男　あたりんまえやないがらが。ほれ、準備はええだりか？
竹男　ちいとだけだりよ、まだん仕事あるんがら。
一男　（笑顔になって竹男に）へいいらっしゃい、ほいだら、今夜はなん握りましょうか
　　　……？

と一男、ごっこなのか、嬉々として寿司屋になった。

勝子　（竹男に）始まっちゃいましたよ。
竹男　嫌な言い方やめんね……！

一男　（竹男に）今日はええネタっこが入っとりますよぉ。
竹男　（笑顔で店の客を演じ）そうだりか……ほいだら、つぶ貝がら握ってもらうだりかね。
一男　つぶ貝品切れがっさ。
竹男　ありゃ品切れだりか。残念だりねぇ。
一男　人気があるがらね。
竹男　ああ。ほいだらタコ。
一男　タコ品切れがっさ。
竹男　品切れだりかタコも。
一男　人気があるがら。エビ品切れがっさ。
竹男　（やや面食らって）そうだりか。
一男　イカ品切れがっさ。
竹男　品切れのネタっこばかり教えてくれんでもええだりよ。
一男　（威勢よく）へい！

伸男が奥の襖を開けて帰宅してくるが、誰も気づかない。

竹男　（勝子に）ほれ、おまえもなんがら頼まんね。
勝子　（今一つのれぬまま）ほんだらあたしは
一男　（叱りつけるように）勝子、なんやっとるんだりかお客さんと。わからん女だりねぇ、

勝子　おまえはこっちゃだり！
一男　はい、ごめんちゃい。（と位置を移動し、見えないカウンターの中へ入る）
竹男　（竹男に）ごめんちゃいね。
一男　ええんがっさ……。
勝子　（勝子に）あがり出さんねおまえは。
一男　あがりです。（と、見ていた伸男に気づいて）おかえり……。
伸男　（ごっこ遊びをやめて、笑顔で）おかえり。
一男　（一男に、むしろ友好的に）またんままごとがらやっとったんだりか。
竹男　（やはり笑顔で）やっとった。
伸男　おまえ代われ。（と立ち上がる）
竹男　嫌いやないがっさ、こんがら方《ほう》のじいちゃん。
伸男　ばかっちょ抜かせ。こんがら方もどんがら方もないだり。
一男　（一男に）代われて、とうさんが。
　　　そうだりか。そんだら。

伸男、ラジオをつける。
音楽（小次郎の歌ではない）が流れる。

竹男　伸男。

伸男　なん？
竹男　おまえそろそろん嫁っこがもろうたらどうなんがっさ。
伸男　なんがね急に……。
一男　（伸男に）へいいらっしゃい。
勝子　そうだりよ。じいちゃんにひ孫抱かせてやりんね。
伸男　（鬱陶しそうに）ええだりよまだ……。
勝子　なんがええのよ。
一男　（伸男に再び）へいいらっしゃい。
竹男　ええならええ。好きんせい。
伸男　……。

竹男、奥の襖から去った。

勝子　……あたしも洗濯物《せんたくもん》とり込まんと。（一男に）ごめんちゃいお義父さん。
一男　（伸男に）今日はええタコが入っとりますよ……！
勝子　（苦笑しながら）さっきタコが品切れて言うてたじゃないですか……。
一男　……。

勝子、台所の方へ、小包の箱を持って去った。

伸男　そいだら大将、タコ。
一男　へいタコ。（と寿司を握る仕草をしながら）……誰もおらんくなっただりね……。
伸男　ええ店なのにねぇ。俺んせいだり。愛想尽かされとるんだりよ。
一男　ああそうですか。難儀だりねぇ。
伸男　（一男を見ずに）難儀だりよ。
一男　私も女房ん先立たれましてねえ……。
伸男　（同じく見ずに）ああそう。
一男　初恋ん女でした……。
伸男　（見て）そうなんだりか……そいは知らんかった。
一男　お客さん初恋は？　いつだりか？
伸男　俺ん初恋だりか？　あいは……九つだったか、十だったか……
一男　ずんばら早いだりね。おめでとさん。
伸男　ありがとさん。
一男　（と、ここまでずっと寿司を握る仕草をしていたが）へい、はまぐりお待ち。
伸男　タコて言うたよね？
一男　（かまわず）どんがら人だりか？
伸男　え？
一男　初恋ん人。

伸男　よくん肩車がらしてくれた人だり……。
一男　ありゃあ、力持ちん娘さんだりね。
伸男　娘さんやないがっさ。おじさんだり。国男おじさん。あんたん息子ん国男さんよ。
一男　今んはすっかりがら減滅しただりが……。
伸男　そうだりかぁ。おめでとさん！
一男　じいちゃん……僕は男ん人が好きなんよ……どんがらすればええんだりねぇ……？
伸男　そうですか。ほいだらあなご握りますか？
一男　……うん。
伸男　へい！（と握る仕草）
一男　嫁っこがもらうんは無理だりよ……女ん人んことは好きんならんもん……どんがらしたらええん？　じいちゃん……じいちゃん……？

一男、胸をおさえて、低く呻きながら苦しそうにうずくまる。
ラジオが嫌なノイズを発している。

伸男　じいちゃん⁉　どんがらしたんだりか。だいじょびかじいちゃん。（大声で）かあさん！　じいちゃんが！　しっかりしろじいちゃん。じいちゃん！

フジオ　12月30日　火曜・晴れ。

島んあちこちで、見たことんない形がした正月飾りがら飾られとるだり。僕もいよいよん、新しい年がら迎える心ん支度が始まったがっさ。

僕がこん島で記憶を失ったんはただん偶然かもしらんけど、こん島で生きることにしたんは、神様でも他ん誰でもない、僕自身が決めたことだり。

丸やらん四角やらんの正月飾りを見ながら、僕は身の引き締まる思いだり。

13

菊地の家。女中の「お帰りなさいませ」という声の後、入って来る菊地とチナツ。後に女中。

裕福そうな洋風の家である。

菊地　どうぞ。座りくさって。

チナツ　ありがとさん。

菊地　（女中に）並木さん。

女中　はい。

菊地　わしん留守中に――

女中　（かぶせて）奥様からの御連絡はございませんでした。

菊地　そうだりか……。ありがとさん。

チナツ　……。

菊地　（チナツに）なん飲むだりか？　コーヒー？　紅茶？

チナツ　ほいだらお酒もらえるだりか？

菊地　お酒。白ワインでええだりか？

チナツ　白でん黒でん。（「白でも黒でも」の意）
菊地　（笑って）黒ワインはないがっさ。（女中に）並木さん白ワイン二つ。
女中　はい。
菊地　ちぃとあれしたらすぐん出掛けるだりから、映画がら観に行くがっさ。
女中　かしこまりました。
チナツ　（内心、過敏に反応して）あれてなんだりか？
菊地　え？
チナツ　ちぃとあれしたらて。
菊地　だがら、ワインをちぃと、飲んだら。
チナツ　ああ……。
菊地　……びっくらしただりよ。突然がらチナツちゃんから電話んあったっちゅうから。
チナツ　菊地さんち電話があるがらデートん誘いやすいがっさ。
菊地　ああ……デート。
チナツ　デートだりよ。デートでしょ？
菊地　だけんが、チナツちゃんには旦那さんおるがろう？　文吉くん。
チナツ　ああ、ええんよ。
菊地　ええんだりか……。
チナツ　ええんよ。
菊地　ええちゅうんは――

チナツ　もう別れるんだり。
菊地　……そうなんだりか。
チナツ　（務めて穏やかに）そうなんがっさ。あたしはあたしで、向こうは向こうで誰かとひっついて幸せんなることにしたんよ……話し合うた末ん結論だり……。
菊地　そう……（何か思い当たったように）なん……？
チナツ　（くいつくように）ああ、そいでがらさっきん文吉くん……
菊地　さっきんあんみつ屋で文吉くん見かけたんがっさ。楽しそうにやよいちゃんと。
チナツ　（内心、急激に動揺して）やよいちゃん。
菊地　やよいちゃん。万作ん妹。
チナツ　万作ちゃんは？　おらんかったん!?
菊地　おらんかった。
チナツ　（すぐに）フジオさんは!?
菊地　おらんかった（だりね）
チナツ　（遮って立ち上がり）電話貸してもらえるだりか!?
菊地　もちろん。向こうだり。
チナツ　（行きながら、かぶせて）あんみつ屋さんてどこんあんみつ屋さんだりか!?
菊地　ブロマイド屋ん近くん（あんみつ屋がっさ）
チナツ　（かぶせて）何番？　電話番号。
菊地　（困惑して）電話番号は……わからんだりね……。

チナツ　（かぶせて）調べられんだりか⁉　調べられるでしょう⁉
菊地　（困惑しながら女中を呼んで）並木さん……！
チナツ　並木さん！　並木さん！
女中　はい。

ワインを持って来る。

女中　お呼びでしょうか？
菊地　（お盆を受け取りながら）ブロマイド屋ん近くんあんみつ屋の電話番号調べてくれるだりかね、ちぃと急いで。
女中　（サラリと）92―817です。（おじぎして去ろうと）
菊地　（ギョッとして）……。
菊地　（チナツが早速猛然とダイヤルする中）並木さん並木さん。
女中　はい。
菊地　なんでが覚えとるんだりか。
女中　お店ん看板に書いてあるので。
菊地　書いてあったって――
チナツ　（電話に）もしもし！……まだ出とらん！
菊地　……。

チナツ　もしもし！　お客さんで門崎文吉ちゅう人呼び出してください！　文吉だり門崎文吉。女ん人と二人連れがっさ。ちぃとかっこええ男ん人よ。はい……⁉　わかるでしょうそんがらせまっこい店なんがら……！

菊地　……。

チナツ　（呼び出すのを待っていて）……。

菊地　チナツちゃん。

チナツ　（うるさそうに）なんですか……？

菊地　もしんあれなら、なんも無理がせんでも——

チナツ　もしもし、文吉さん⁉（また店の者が出たようで）……なんでが代わってくれんのです⁉　出とうないて……そいほんだらに本人が言うとるんですか……⁉（相手が「あなたは誰なのか」と聞いたらしく）妻ですよ！　女房！　門崎文吉の女房。ほいだらええです、あん人に伝言がしてください。伝言だりよ伝言。ええですか？　言いますよ。「やよいちゃんとはひっつかんで」。言うてみてください。「やよいちゃんをひっつかんで」やのうて「やよいちゃんとは」だり、ほいじゃ文吉さん、やよいちゃんをひっつかんでしまうやないですか！「やよいちゃんとはひっつかんで」ちゃんとがら書いてくださ……もしもし……もしもし！（切られた）

チナツ、ひどく興奮した状態で、目を剝きながら受話器を置いた。

チナツ　……。
菊地　……だいじょびだりか?
チナツ　……。
菊地　チナツちゃん。
チナツ　(ひきつった笑顔を作って) だいじょびだりよ。ばりんこだいじょびがっさ。
菊地　気分が乗らんのなら無理んして映画が行くことないんじゃないがらが……?
チナツ　んん行く。行くだり。(ワインをがぶ飲みする)
菊地　(その様子に) チナツちゃん、ほんだらに無理がらして行かんでも……。
チナツ　行くだりよ。映画が観てスッキリコォンとしたいんだり。
菊地　そいならええけど……。

短い沈黙。

チナツ　電話お借りします。
菊地　あはい。
チナツ　(電話の前まで行ってから) 何番でしたっけ。
菊地　え……?
チナツ　あんみつ屋。
菊地　……憶えとらんよ。

チナツ　（批難するように）ええ……⁉
菊地　ごめんちゃい。
チナツ　並木さん！
菊地　並木さん！

二人、あと数度女中の名を呼ぶが、返事はなく――

菊地　洗面所だりか……？
チナツ　（信じられないという風に）こんがら大切ん時に……⁉
菊地　（改めて呼び）並木さん！
チナツ　並木さん！

二人、女中の名を呼びながら部屋を出て行った。
ステージングによる転換。

14

13より少し遅い時間。だいぶ寒くなってきた。
1場と同様の、海辺に近い場所。
石垣の上の道を文吉とやよいが来る。少し前まであんみつ屋にいたのだろう。
蟬の声は聞こえない。

やよい　（笑顔ではあるが）ああ、びっくらしただり……あんみつん味がようわからんくなったがっさ……。
文吉　（文句を言うように）あん婆さんサッサと切ればええんだり電話。
やよい　（チナツのことだろう）ちぃと気味悪いだりね。どこがらかけてきんさったんだりか……ちゅうかなんでがあん店んおることわかったんだりかね……。
文吉　わからん。（冗談めかして）見張っとるんかな。
やよい　（やはり冗談めかして）探偵映画ん出てくるみたいん望遠鏡でだりか？
文吉　ビルヂングの屋上から。

二人、笑う。

海をポンポン船が行く音。

やよい　(海の方を見て) 源さんの船が出て行くがっさ……。

文吉　(源さんに手を振り) おーい。

やよい　おーい。

文吉　聞こえんだりね……。(と諦めて、石段を下りながら) めっきり冷えてきただりね……。

やよい　もう今年も終わりか……。

文吉　蟬、鳴かんくなっただりね。

やよい　そうね……さすがん寒うなったんがろ……。

文吉　……。

やよい　……。

文吉　文ちゃん……。

やよい　なんだりか……?

文吉　手ぇつないでみん……?

やよい　なんでよ。寒いんだりか。

文吉　寒いだり……。

やよい　ほいだら家《うち》ん入ろ。

文吉　お兄ちゃんおるがら。

やよい　(笑って) そりゃおるよ。

やよい　二人きりんとこでつなぐんよ……。
文吉　……。
やよい　だめだりか……？
文吉　だめやないけど。
やよい　ほいだらつなご……。
文吉　……。

二人、手をつなぐ。

やよい　ええね……あったこうて……。
文吉　そうだりね……。
やよい　文ちゃん……。
文吉　なんがね……。
やよい　チナツさんこと、ほんだらにもう好きじゃないん……？
文吉　好きじゃないだりよ……。
やよい　よくんふたりで手ぇつないどったんに……。
文吉　つないどらんよ。
やよい　つないどっただりよ。ふたりで手ぇつないで仲良ぉ歩いとるの、しょっちゅう見かけたがっさ……ええなぁと思うて眺めてただり。

文吉　そうだったかね……忘れたがっさ。
やよい　（つないだ文吉の手を感じながら）こんだら手ぇだったたんだりね……チナツさんがつないどった手……。
文吉　（苦笑して）なんがねそい……。もうええがろ。
やよい　もうちぃと。
文吉　……。
やよい　もうちぃとだけんええがろ文ちゃん……。

万作の家の扉が開く。
二人、つないだ手を引っ込める。
万作が出てくる。

万作　文さん……チナツさんが来とるだり。
やよい　え……。
万作　話がらあるて。
文吉　（溜息をついて）……。

文吉、家の中へ。

万作　（やよいに）二人でどこが行っとったんだり……。
やよい　ええがろどこでん。
万作　（低く、これまでになく厳しい口調で）相手選べ。
やよい　……。
万作　サッサと入れ。
やよい　……。
万作　ほれ！

やよい、万作、家の中へ入って行く。
そこには誰もいなくなった。
遠く、船の汽笛。
ややあって、ナミコと、だいぶ遅れて富子が来る。

ナミコ　富子、なんでがそんがトボトボ歩いとるん？　急がんと。佐久間さんたちお待ちだりよ。
富子　わかっとる。（と声はシャッキリしている）
ナミコ　ほいだら速く歩いて。（しかし富子、まったく歩調が変わらないので）……気が変わったんだりか？
富子　（シャッキリ）変わっとらん。

ナミコ　ほんだらね？……ほんだらにお断りしてええんだりね……？

富子　（シャッキリ）ええだり。

ナミコ　富子、おそば屋さんの注文と違うんがら、お断りがしてしまってがら「やっぱりもらいます」ちゅうわけにはいかんのよ？　わかっとる？

富子　（そう言われ、声も沈んで）わかっとるだり……

ナミコ　（娘のその様子から、心中を察し）……。

富子　行こ……。

ナミコ　……待って。足袋ん小鉤《こはぜ》が外れとる……。（嘘である）

富子　……。

ナミコ　ちぃと休も。足袋ん小鉤《こはぜ》が外れた時んはちぃと足を止めて、神様がお茶を召し上がるんをお待ちするんがっさ。

富子　佐久間さんたち待っとるだりよ？

ナミコ　ええがら。

ナミコ、石段を少し下りたところに腰を掛ける。

ナミコ　こん島ん縁起かつぎだり。大事なことよ。

富子　神様て？　どんがら神様だりか？

ナミコ　縁結びん神様よ……。

富子　縁結びん？

富子も腰掛ける。

ナミコ　富子、見合いん時、本城さんのお顔見てニッタラニッタラしとったがろ？　おかあちゃん、あん時ん富子ん顔がら忘れられんのよ。
富子　しとらんよ。
ナミコ　しとったよ。自分ではわからんのでしょ。
富子　……。
ナミコ　おかあちゃんあん富子ん顔ん見ながら、「ああ富子はこん人んこと好きんなったんだりなぁ」て思うたんよ……？　違うん？
富子　……違わんだり。
ナミコ　……本城さんのことん好きなん？
富子　好きだり……。
ナミコ　（笑顔で）ほいだらなんでお受けせんのよぉ！　あちらさんも気に入ってくれとるんよ富子んこと。
富子　（真顔で）あたしがお嫁ん行ったらおかあちゃん一人んなるがろ？　寂しくないんだりか？
ナミコ　（笑顔で）寂しくたってそんがらこと仕方ないだりよ。我慢せんと。おかあちゃんの

富子　おかあちゃんだってきっと我慢してくれたんよ。そういうもんなんだりよ、親子て。なんで我慢がせんとならんの……⁉　ずっとんあたしと一緒におればええやないがらが！

ナミコ　（優しく、ゆっくりとした口調で）富子……結婚がして、新しいん家族んができるんは、ほんだらに素晴らしいことよ……おかあちゃんは国男さんと結婚がして、家族んなって、そいだがら富子を授かることができたんよ。おかあちゃんは、国男さんと富子っちゅう家族ができてほんだらに幸せだり……。

富子　……。

ナミコ　そいに富子がお嫁ん行って、そこでん新しい家族を作っても、おかあちゃんと富子はいつでんここ（心）でつながっとるんがら……ちぃとぐらい寂しい日があってもへイチャラ。そうがろ？（ニッコリ）

富子　だけんが……おかあちゃんもしんあたしがお嫁に行ったら誰とがらお茶飲むんだりか？　誰とがらアンパンや羊羹食べくさるんだりか？

ナミコ　チナツがおるがっさ。

富子　女ん人は駄目よぉ！

ナミコ　（笑って）駄目なん？　ほいだら……フジオさんにお願いしてみるだりかね。

富子　（それは難しいのではないかと内心思い）フジオさんだりか……他には？

ナミコ　他には……佐久間さんだりかね。

富子　佐久間さん。（笑顔になり）ええだりね佐久間さん。ほいだら佐久間さんね。

ナミコ　ほいだらてなんがね……。

富子　佐久間さんとお茶がら飲んでアンパンがら食べくさって、佐久間さんと五日森神社んお参り行くんがっさ。（ハタと）ケーキもだりね。ケーキも食べくさり放題だり、ケーキ屋さんのおかみさんなんがら。

ナミコ　おかみさん？

富子　おかみさんよ。

ナミコ　お友達だり。今んは富子がお嫁ん行く話がろ？　おかあちゃん考えとらんよ再婚なんて。

富子　（意地を張って）ほいだら……あたしもお嫁行かん……！

ナミコ　富子ぉ、おかあちゃんがことん困らせんでよ。

富子　ずーっと一緒におってくれる人がおらんといかんのよおかあちゃんには。

ナミコ　おかあちゃんには国男さんがおるがらだいじょびだりよ。

富子　（かぶせて）おかあちゃん。おとうちゃんがことなんがもう忘れてもええんやないがらが……？

ナミコ　なん言い出すんだりか富子……！

富子　あたしはもうおとうちゃんの顔も思い出せんがっさ。

ナミコ　（一瞬絶句してから）顔がら思い出せんでもおとうちゃんの声は憶えとるでしょ？　憶えとってても思い出したくないんがっさ！（諭すように）おかあちゃん、思い出ちゅうんは美化されるんよ、十倍にも百倍にも。わかるだりか、美化。

ナミコ　わかるだりが——
富子　逆ん言うとよ、ほんだらんおとうちゃんは、おかあちゃんの記憶ん中の立派なおとうちゃんの百分の一ん立派さなんだりよ。もはや立派でもなんでもないんだり！
ナミコ　……富子。
富子　なん……？
ナミコ　あんたなんがら隠しとるだりね？
富子　（とたんに弱腰になって）……隠しとらんよ。
ナミコ　隠しとる。おかしいだりよ富子がそんがこと言い出すんは。誰かさんになんがら言われたんだりね？
富子　（もはや目も見れず）言われとらんよ……
ナミコ　誰ん言われたんだり？　佐久間さん？
富子　言われとらんて言うとるのに。
ナミコ　占部さん？　菊地さん？　竹男おじさん？　勝子おばちゃん？　伸男くん？
富子　（思わず大きく息を吸う）
ナミコ　伸男くんだりね。伸男くんにどんがらこと言われたんだりか？
富子　伸男ちゃんは悪くないだり！　悪いんはおとうちゃんがっさ！
ナミコ　なんを言うとるんだりか……
富子　ほいだら……証拠がら見せるだり！
ナミコ　証拠？

富子　伸男ちゃんが持っとるがっさ。（行きながら）早くおかあちゃん！　行くだりよ！

ナミコ　（追って）富子。富子！

二人、去った。

音楽。

ステージングによってそこは石持家になる。

15

石持家の居間。
今そこにいるのは伸男、佐久間、元坊主のジャーナリスト。
佐久間は仲人として富子の縁談の返事を聞くためにここに来た。
ジャーナリストはフジオを東京に呼び戻すべくここに来た。
しかし昨日一男が倒れ、石持家はそれどころではないのだった。
ラジオからゆったりした音楽。

伸男　（せんべいを食べていたが）ジャーナリストちゅうんは、なんをするんだりか？
元坊主　社会に幅広くん情報がら提供しくさるちゅうか……明治時代で言うところん操觚者《そうこしゃ》だりね。
伸男　（わかったかのように）なるほど。（佐久間に）わけんわからんだりね。
佐久間　東京んことは。（わからない、の意）
伸男　明治時代て。俺は二十世紀ん生まれだがら。あんたと違うて。せんべいしけくさっとる……（佐久間に）遅いだりね富子たち。
佐久間　ごめんちゃいね伸男くんこんがら時ん。一男さんが具合悪いて聞いて日取りがら改め

伸男　よう思うたんがらが、あちらさんがもう待てんちゅうて。しょうがらないがっさ。まとまるだりかね。まとまるだりね。
佐久間　さあ……まとまるとええけどね。
伸男　まとまるでしょう。（感慨深気に）あん富子がお嫁さんだりか……。
佐久間　まとまるとええけどねぇ……。占部何時頃ん来たんだりか？
伸男　ついさっき。佐久間さんがら来るちぃと前です。きのうは巽先生に来てもろうたんだりが、今日んは東京ん学会にがら行かれとるとかで……占部先生に……。（ひどく残念そう）
佐久間　そう……ほいだらもうちぃとかかるだりかね……。
伸男　（立ち上がって）遅いだりね富子たち……。
佐久間　来るがろすぐん。

伸男、一男のことで落ち着かないのか、玄関の方へ去って行った。

佐久間　……。
元坊主　（ラジオのチューニングを変えて別の局にする）
佐久間　（その行動をあまり快く感じず）……。
元坊主　（佐久間の視線に気づいて）……こっちん方がええかなと思いまして……。
佐久間　あっちんほうが良かったですよ……。

元坊主　ああ。（チューニングを戻そうとする）

佐久間　（ので）ええですよもう。

元坊主はすでにチューニングを中途半端に変えてしまっていて、しかしなぜかツマミを回してもノイズしか聞こえない。

元坊主　（スイッチを切って）駄目だりね、こんラジオ。

佐久間　……。

元坊主　（せんべいを食う）

佐久間　……なんでが人んちん木魚やらん南無南無ん書いた帳面やらん置いて行ったんだりか……？

元坊主　（せんべいを噛みつつ）嫌んなってたんだり。坊主なんてもんが。

佐久間　（その勝手な言い草に）嫌んなったからて人んちん置いてったら駄目でしょう⁉

元坊主　あん日はお経もだいぶんおざなりだったんですよ。もう嫌んなってたがら。

佐久間　だがら駄目でしょうそいじゃあ。わざわざん四人で届けん行ったんだりよ⁉　あいが原因で一男さん具合が悪くなったんかもしれんがっさ……。

元坊主　（流すように）関係ないでしょうそいは。（せんべいが）しけくさっとるがっさ。（ひどく迷惑そう）

佐久間　……なんしに来たんだりか、わざわざん東京がら。

元坊主　聞いとりませんか。
佐久間　（憮然と）聞いとりませんよ。
元坊主　大介さんにこい（書類）読んでがもろうて、東京ん戻ってもらうんですよ……。
佐久間　誰だりか大介さんて。
元坊主　須山大介さん。
佐久間　知らん。
元坊主　あん日ここん運ばれて来た男ん人憶えとらんですか。記憶がら失くしくさった。
佐久間　フジオくんだりか……。
元坊主　須山大介さんだり。御主人に写真がら送ってもろうて、ジャーナリスト生命が賭けて調査し、取材し、調査したんですよ、ジャーナリスト生命が賭けて。
佐久間　へえ……。
元坊主　読むだりか。大介さんの極めて仔細な経歴。
佐久間　ええです。
元坊主　びっくらしますよ……まだん誰ぇも読んどらんちゅうですよせっかく送ったんに。こい送る前にも丁寧な手紙ずんばら送ったんに封も切っとらん言うんだりよ……。
佐久間　文句がら言える立場じゃないでしょう。
元坊主　立場はまあ。読んでみてくださいよサワリだけでも。びっくらするだりから。（と書類を）
佐久間　今そんだら気分じゃないんだりよ。

元坊主　ほいだら読んでみてください。びっくらするだりから。
佐久間　……。（仕方なく書類に目を落とす）
元坊主　……。

大きな波の音と共に、そこは海の近くになる。万作の家のドアが開き一人、チナツが出てくる。晴れやかな表情。
チナツ、石段を上がり、石段の上で海を眺める。
チナツはそのままに、波の音消え、照明も変わり、石持家に戻る。

佐久間　（最初の数枚を斜め読みしていたが）え……。
元坊主　ね……。
佐久間　（さらに斜め読みを進めて）ええ……⁉
元坊主　そうなんだりよ。
佐久間　こい、ほんだらのことだりか……⁉
元坊主　ほんだらのことだりよ。
佐久間　フジオくんが⁉
元坊主　大介くんだり。

佐久間、真剣に読み入る。

再び大きな波の音と共に、そこは海の近くになる。
まだ海を眺めているチナツ。
買い物帰りの様子でフジオが石垣の上を下手から来る。

フジオ　（チナツに気づき）……。
チナツ　（まだ気づかず、海に向かって）おーい！
フジオ　（チナツに向かって）おーい！
チナツ　（フジオに気づき、フジオに向かって）おーい！
フジオ　文吉さんに会いん来たんだりね……。
チナツ　うん……。
フジオ　仲直りがらしたんですね……!?
チナツ　……（何も言わずニコッと笑う）
フジオ　良かった！　ほんだらに良かった！　こんがら嬉しいことないだり！
チナツ　違うんよ。綺麗サッパリお別れしたんだり。
フジオ　!?
チナツ　こいからは道で会うても口をきかんちゅうことで約束がらしたんだり……もうもめ事はまっぴらよ……晴れ晴れんした気持ちだり……。フジオさんにもいろいろとお騒がせしてごめんちゃい。来年もよろしゅう。ほいだら、よいお年を。

チナツ、行こうとする。

フジオ　（強く）ちぃと待ってください！（とチナツの手をとる）

チナツ　なん⁉　離してください！

フジオ　（チナツを引っ張って万作の家へ向かいながら）納得しません！　そんがらこと誰ぇも納得しません！

チナツ　誰ぇもて当事者んあたしがら納得しとるんだりよ⁉

フジオ　そんがら思い込もうとしとるだけがっさ！

フジオ、チナツを家の中に引っ張り入れて扉を閉める。
扉が閉まると同時にそこは石持家に戻った。

佐久間　（書類から目を上げ）こい、早く本人に読ませんと。

元坊主　そうなんだりが――

竹男がひどく神妙な表情で来る。

竹男　伸男は……？

佐久間　さぁ、今ちぃと……。どうだりか、一男さん。

竹男　占部ん診察は心もとのおて見てられんだり……。昨日は巽先生に診てもらえたんだりが……。
佐久間　ええ、伸男くんから聞いただり……ごめんちゃいこんだら時ん……。
竹男　うん……。
佐久間　（その神妙な表情に）そんがら深刻なんだりか……？
竹男　巽先生がら言うには心臓だそうだり……もしかんしたら、年が越せんかもしれんて……。
佐久間　そうだりか……。
竹男　それん較べて占部ん奴は「だいじょびだり、治るがっさ、だいじょびだり、治るがっさ」て。誰に言うとるんかもわからん。あいは自分に言い聞かせとるんだりかね……。
佐久間　（苦笑しながら、占部をかばってやるように）あいつはヤブ医者んハンコ押されてもへらへら笑っとるだりが、存外占部じゃなきゃ嫌だちゅう患者も多いんだりよ……わしも風邪っこひいた時んちゃあんとあいつん風邪薬が出したし……
竹男　占部は駄目だりよ。
佐久間　そうだりかねぇ……。
竹男　駄目だりよ。
佐久間　……。

伸男、戻って来る。

竹男　どこん行っとった……。
伸男　そろそろん富子たちが来んかな思うて。
竹男　（誰に言うでもなく）……ナミコさんたちにも、なんちゅうて伝えるだりかねぇ……。

竹男と元坊主、なんとなく目が合う。

元坊主　（ので、何か言わねばと）よくなるとええですね……。
竹男　なんがらあってもあんたには頼まんがっさ。
元坊主　（独特な苦笑をして）もう坊主やないですがら。
一同　（その笑いがどこか癪に触り）……。

勝子がくぐもった表情で来る。今にも泣き出しそうに見える。場が緊張する。

一同　……。
竹男　どんがらした……。
勝子　竹男さん……。
竹男　なんがね、早よ言わんね！
勝子　お義父さん、元気になりました……。

竹男　え……！

すっかり元気そうな一男と占部が笑いながら来る。

竹男　おやじ……！
一男　おう、竹男！（と立ち止まって、幼児にやるように）こっちゃ来い！　こっちゃ来い！
竹男　おやじ！

一男、駆け寄って来た竹男を抱きしめる。

一男　（笑いながら）めんこいなぁ！　めんこいなぁ！
竹男　なんがね！　ずんばら元気やないがらが！
一男　おう！　正月は凧あげがっさ。へい、タコお待ち！（笑う）
竹男　……。

竹男、泣いている。

一男　（その竹男を笑って、愛し気に）めんこいなぁ！
伸男　（勝子に）とうさんが泣いとる……。

勝子　泣いとるね……。
伸男　あんがら風にして泣くんだりね……。
一男　いんやあお集まりん皆さん、こちらん業者さん（占部）がよおやってくれました……！
占部　なんが知らんがわしんこと業者さんて言うんだり。（苦笑）
竹男　（占部に）もうええんだりか、おやじん心臓は……？
占部　心臓はなんともないがっさ。
竹男　え……。
占部　ピンピンしとりますよ心臓は。巽先生はなんをどんがら勘違いしたんか知らんだりが。
佐久間　ほいだらなんだったん？
占部　フタだりよ。
竹男　フタ？
占部　フタを体んあっちらこっちらんつまらせくさっとったんがっさ。
佐久間　フタて……？

一度引っ込んだ勝子が膿盆に載せた複数のフタを、ここまでに持って来ていて——。

勝子　（一つ一つ示して）ドロップんフタ、あたしん化粧クリームんフタ、切り傷ん軟膏んフタ、竹男さんのウイスキーんフタ、醤油差しんフタ、伸男んポマードのフタ。

伸男　そい探してたんだりよ……。
一男　（他人がやったことに驚くように）こい全部がら飲み込んどったんだりか⁉
占部　飲み込んどったでしょう。
一男　（勝子に）なんでがまたフタなんか飲んだんだりかねぇ。
勝子　ほんだらにねぇ。

皆、それぞれの思いで笑う。

竹男　（占部の手を握って）ありがとさん……あんたはほんだらん名医がっさ……。
占部　なんがね……言われ慣れとらんことが言わんでくれろ……。
一男　業者さんのおかげでん胸っこんつかえがら取れました！
佐久間　（占部に）ええ業者さんだり。
一男　ええ業者さんよ。（ふと）もうこんだら時間だりか。ほいだらわしは。（と戻って行く）
竹男　どこが行くんだり。またん寝くさるんだりか？
一男　おう、おまえも来んね。正月準備がっさ。
竹男　ほいだら占部さん。ありがとさん。
占部　またんいつでも呼んでくれろ。

一男がさっさと戻るので、竹男、嬉しそうについて行こうとする。

元坊主　ごめんちゃい御主人。
竹男　なんがね……。
元坊主　丸くおさまりくさったところでそろそろんお話がら聞いてもらえんだりかね……。
佐久間　（書類のことを思い出し）そうだ忘れとったがっさ。とんでもないんだりよ竹男さん。
元坊主　（竹男に）とんでもないんだり。
竹男　女房が聞くがっさ。
元坊主　だけんが――御主人！

竹男、かまわず行ってしまった。

元坊主　（勝子を見て）……。
占部　（元坊主に）あんた、なんでが人んちに木魚やら南無南無ん書いた帳面やらん（置いてったんだりか）
佐久間　（遮って）そいもそうなんだりが占部、ちぃとこい読まんね。（と書類を）
占部　なん？
佐久間　フジオくんの経歴がっさ。とんでもないんだり。勝子さんも伸男くんも。
占部　忙しいんだりよわしゃ。（勝子に）ほいだら。
勝子・伸男　（口々に）ありがとさん。

佐久間　待ちんね占部！　サワリだけでも読まんね。ずんばらとんでもないんがら、あん人ん経歴。

占部　フジオくん……？

元坊主　大介くんだり。

占部　……サワリだけだりよ？

佐久間　勝子さんも伸男くんも。

占部と勝子と伸男、書類に目を落とす。

間。

占部　（こわばった表情で目を上げ）なんがねこい……

佐久間　だがろ⁉

勝子　嘘っこがろ？

元坊主　いんえ、ほんだらんことだり。

占部　こんだら人とくっちゃべっとったんだりかわしら。

伸男　はようフジオさんに知らせてやらんと……！

佐久間　そうなんだりよ！

元坊主　そうなんだりが――

ナミコの「ごめんちゃい」の声。

佐久間　ナミコさんだり……！（とすぐさま立ち上がる）

＊　＊　＊　＊

数分後であろう。

ナミコが件の国男の手紙を手にしている。

竹男が戻って来ている。何も喋らないが元坊主もいる。

ナミコ　（読みあげて）「明美さん、今夜も僕は貴女を想って眠れません。明美さんが僕を見る時の美しい顔、僕を呼ぶ時の可愛らしい声。思い出すだけで僕の心は熱く燃えあがります。」……

富子　わかったがろおかあちゃん。こいがむき出されたおとうちゃんがっさ……。

伸男　ナミコおばさんには読ませとうなかったんだりがね……。

佐久間　（仏壇に向かって）石持……おまえ……。

ナミコ　（笑って）こん手紙は国男さんやないだりよ。国男さんの字と違うもの。

富子・伸男　え……

ナミコ　富子見てわからんの？　こんがら字おとうちゃん書かんがろ？

富子　だけんが、伸男ちゃんが譲り受けくさった、おとうちゃんの外套ん内ポケットに入っとったんだりよ⁉　そうだりよね伸男ちゃん。
伸男　そうだり！
占部　そいわしん手紙だり。
一同　（これ以上はないというほど驚いて）ええっ……⁉
占部　女房にバレそうんなって、とっさに石持に預けたんだり。今までん忘れとったがっさ。
一同　（唖然と）……。
占部　たしかんあん時石持ん奴、外套ん内ポケットに入れとっただり。明美さんて……おったおった……。
佐久間　おったおったやないがっさ！
占部　ごめんちゃい。
竹男　（すっかり減滅していて）あんたみたいな友達を持って、国男も災難だり……。
占部　ごめんちゃい……。
富子　……。
伸男　ありゃあ……大失敗だり。どんがらしよう。
ナミコ　富子。
富子　……。
ナミコ　おかあちゃんようやっと富子ん気持ちがらわかっただり。ばりんこ悩んどったんだりね。

富子、泣き始める。

ナミコ　（笑顔で）富子ぉ。あんたんおとうちゃんはよそん女ん人にこんがら手紙は書かんよ……⁉

占部　（皆の軽蔑の視線を浴びて）……。（元坊主まで見てるので）なんだりか、あんたまで……！

富子　（泣きながら）伸男ちゃんが、おとうちゃんの年賀状と（うわずって言えず）筆跡、筆跡、筆跡が同じだりて言うがら……！

伸男　（弁解して）同じに見えたんだりよ……！

占部　ちらんこも似とらんよ。

佐久間　おまえが言いなさんな！

占部　ごめんちゃい。

伸男　（ナミコに）ごめんちゃい。

ナミコ　ええんよ。占部さんも、こんがら内緒ん手紙がら読んでしもうてごめんちゃい。あたしに謝らんでええがら、天国ん奥さんによおく謝らんとね。

占部　（その優しさに打たれ、ひときわ強く誠実に）ごめんちゃい！

佐久間　（仏壇に）ごめんちゃい！

伸男　（も仏壇に）ごめんちゃい！

富子　（まだ泣きながら）ごめんちゃいおとうちゃん！　えがっただり！　ほんだらにえがっただり！　おかあちゃん！

ナミコ　そいがら佐久間さん、お待たせしとるお見合いんお返事がことだりが――

佐久間　（気を利かせて）ほいだらナミコさん、先方にはあと一日だけてお願いがらして待ってもらうだりから――

富子　お受けするだり……。

佐久間　なん……？

富子　お受けするがっさ。

ナミコ　（嬉しく）富子……。

富子　ええだりかおかあちゃん？　あたしがお嫁ん行きくさっても。

ナミコ　ええに決まっとるやないがらが……！　ええんだりねほんだらに。富子は本城さんのお嫁さんになりたいんだりね……！

富子　なりたいがっさ……本城さんこと、おかあちゃんの次ん大好きやがら……ええ？

ナミコ　ええよぉ！　おめでとさん！

佐久間　おめでとさん！

皆、それぞれの思いで富子に「おめでとさん」と言う。

佐久間　ナミコさん。

ナミコ　はい？
佐久間　ついでん、ちぃとお話があるんだりがね……。
占部　え？
佐久間　（占部に）……うん。
占部　うんておまえは、こんがら妙な頃合いで。（皆に）ちぃと皆さん、ずんばらすまんですが、佐久間ん奴がナミコさんについでん話がらしたいそうなので、ちぃとがら二人きりにしてあげてもろうてええがらが？

＊　＊　＊　＊

一分後。
二人になったナミコと佐久間。

佐久間　……。
ナミコ　……。
佐久間　（意を決して）ナミコさん……わしとがら結婚がしてくれんだりか……？
ナミコ　ごめんちゃい。そいはでけません。
佐久間　（つんのめるように）そいはそうですよ。無理がことを言いました。ごめんちゃい。
ナミコ　ごめんちゃい。

佐久間　謝らんでくださいわかっとったことですがら。そいはそうだりよ。まだん六年しか経っとらんのですがら。ナミコさんが悪う思う必要なんか——わかっとって一応が言うてみただけですがら、占部たちんが「言え言え」てずんばらやかましゅう言いくさるがら。（仏壇に目をやって）ナミコさんと石持ん奴はお互いに思いおうて、わしん目がら見てもほんだらにええ夫婦だりなぁて思うてたんですがら。無理なことを言いました。忘れてください。ほんだらにごめんちゃい。

ナミコ　謝らんでください。お茶飲んで。

佐久間　はい、ありがとさん……。

佐久間、お茶を飲む。

佐久間　（少し落ち着いて）だけんが……もしかしたらんわしはまたん、性懲りもなく結婚がら申し込むかもしれんです……。

ナミコ　……。

佐久間　（苦笑しながら）あん時もフラれて、ナミコさんは石持んことが選んで……またん今もフラれて……だけんがわしは諦めが悪いっちゅうか——またんやってしまうかもしれんです……そん時はこんバカチンが思うて許してがください……。

ナミコ　んん……あたしんこそ、次はもしかんしたら「お受けします」て言うかもしれんです。

佐久間　（!?となって）……。

ナミコ　先んことはわからんがら……。
佐久間　（内心ひどく嬉しく）……そうですか……そうですよね……そりゃそうだりよ、先んことはね……。
ナミコ　佐久間さん。
佐久間　なん……？
ナミコ　年が明けくさったら、一緒ん五日森神社にがらお参りに行かん？
佐久間　……はい！

＊　＊　＊　＊

そこは再び海に近い場所になった。
夕暮れが近づいている。
万作の家から出てくるチナツ、文吉、そしてフジオ。
三人とも、無言。

文吉　……。
チナツ　……。
フジオ　……。

波の音だけが響く。

フジオ　ええ加減にしませんか……さんざんがら罵しり合うたと思うたら黙りこくって……いつまでんこんがら不毛な——

文吉　（遮って）おまえは黙っとれ。こいはこいつと俺ん問題だり……！

フジオ　（これまでになく強く）いんえ黙っとれません！

文吉　（ひどく面食らって）……。

フジオ　こいつと俺ん問題て、ほとんどがら文吉さんの問題やないだりか……！

文吉　（面食らいながらも）なんでよ！

フジオ　（真剣に、泣きそうな表情で）ほとんどがら文吉さんのわがままだり！　白ネギがどうしただの内職がどうしただの！　こんだらわがままん人ん世話が焼いてくれる人はチナツさん他おらんだりよ⁉　みそ汁美味いんがら飲みくさればええんがっさ文句言わずん、美味いんがら！

チナツ　そうだりよ！

フジオ　（すぐさま）チナツさんもチナツさんだり！

チナツ　……。

フジオ　なんでがそんがすぐんプンスカするんだりか⁉　なんでがもうちぃと文吉さんに時間をあげんのよ！

チナツ　時間ならずんばらあげとるよ！　こん前もあたしが不機嫌になっとるんも気づかずん

フジオ　こん人がペラペラしゃべりくさるんをあたしがずーっとがら待っとったんだり。だがらそん時点でチナツさんもう不機嫌になっとるんがろ⁉　不機嫌になるんを待てんのか言うとるんがっさ！

チナツ　……もうええ！

フジオ　それだりよ！「もうええ」てなるがろ⁉　ほんだらはえくないんに、早いんだりよ「もうええ」てなるんが！

文吉　もっと言うてやれ！　こいつん悪いとこなんがいくらでんあるんがら！

フジオ　いくらでんあるだり悪いとこも、ええとこも！（震えんばかりで）こんがら互いのことんよぉく知り合うたもん同士が夫婦んなって、こいからも一緒に生きていけるんがら……僕は心底うらやましいだりよ……幸せんことだり……！

文吉・チナツ　……。

フジオ　お願いだがらよぉくん考えてみてくれろ。そんがら一所懸命好きんなれる人が他んおるだりか⁉　おらんがろう⁉　大事にせんといかんがろう⁉

文吉・チナツ　……。

フジオ　文吉さんとチナツさん、こんだらお似合いん夫婦はおらんて、島じゅうん人が思うとるがっさ。サッサと仲直りがしてくれろ。（と深々と頭を下げて）僕ん心からのお願いだり……。

文吉　どうする……。

文吉、そう言うと、そっとチナツの手を握ろうとする。

チナツ　（その手を払う）

文吉　（が、さらに手をとり、強く握る）

チナツ　……。

文吉　こいつんお願いなら仕方ないんじゃないがらが……？

チナツ　（文吉と手を握り合い）そうだりね……。

文吉　（チナツの顔を見ずに）ごめんちゃい……。

チナツ　!?

文吉　（今度はチナツの顔をしっかり見て）チナツ、ごめんちゃい。

チナツ　うん！　文吉さん、ごめんちゃい……！

フジオ　（心から嬉しく）ありがとさん……！

ふと見ると、やよいと万作が窺うように戸口に出て来ていた。

万作　仲直りしたんだりか……？

フジオ　しました……。ほいだらほら、万作さんたちにも謝らんと。

文吉　なんで。

フジオ　（少しテキトーに）お願いだり、心からの。

文吉　（やや釈然とせぬが、万作とやよいに）ごめんちゃい。
チナツ　ごめんちゃい。
万作　ええんだりよ。こちらこそごめんちゃい。（やよいに）ほれ、おまえも。
やよい　ごめんちゃい。よかっただり、仲直りができて。

ナミコ、富子、佐久間、占部、菊地、竹男、一男、勝子、伸男がゾロゾロザワザワと、嬉しそうにやって来る。

ナミコ　おった！　チナツと文吉さんも。
フジオ　こんにちは。
一同　（挨拶し合って）こんにちは。
フジオ　どんがらしたんですか大挙して……。
ナミコ　どんがらもこんがらも、ばりんこええ報せが届いたんだりよ！
フジオ　ええ報せ……？
竹男　東京んジャーナリストが調べくさってね。あんたん経歴が全部《ぜんぶ》がらわかったんだり！
フジオ　え……。
勝子　（書類を掲げて）こいだりよ。こいに全部《ぜんぶ》書いてあるんよ！
佐久間　ごめんちゃい、本人がら差し置いてわしらサワリだけ読ませてもろうたんがらが、フジオくん、あんたずんばらとんでもないんだりよ！

文吉　なんだりか、ずんばらとんでもないて。
佐久間　なんちゅうか、とんでもないんよずんばら！
チナツ　（佐久間に、フジオのことを）東京ん人なんだりかやっぱりん？
佐久間　東京ん人だりよ。須山大介さんちゅうてとんでもない人だり！
フジオ　須山大介……。
竹男　こんがら田舎ん島でダラリンコォンとがしとるような人やないんがっさあんたは！
　須山大介さんなんがら！
フジオ　ちぃと待ってください、何が何やら。
文吉　そうだりよ。もうちぃと具体的にがら言うてもらわんとわからんだりよね。
竹男　そうだりね。話すとちぃと面倒臭いだりが、具体的ん言うと――
フジオ　（遮って）言わんでください！
文吉　なんでよ。
フジオ　聞きとおないんです……。
チナツ　……だけんが聞かんとわからんでしょう？
フジオ　ええんですわからんで。
チナツ　ええの……⁉
フジオ　ええんです。
佐久間　そいは――大介さんが聞かんでええと思うんは、聞いとらんからだり。聞きさえすれば「ああ聞きたい」て思うがっさ！

菊地　「ああ聞きたい」て思うだりか？　もう思わんがろ。
佐久間　なんで。
菊地　なんでて、聞いた時にはもうこん人聞いちゃっとるんがら。
佐久間　（理解できず）ん？
占部　だから菊地がら言うとるんは、聞いた人はべつんもう聞きたくないがろちゅう話だり。
佐久間　（混乱しながら）だけんがこん人はまだん聞いとらんのやがら
フジオ　（遮って）ええんです聞かんでも。僕は今ん僕ん人生がら生きとるんだり……！　こんがら楽しゅう生きとるんに、わざわざん別ん人に戻るなんちゅうことは考えられんがっさ。
一同　……。
竹男　そいだらひとまず、こん紙束読んでみるとええがっさ。
佐久間　サワリだけでもねぇ。
竹男　（かぶせて）サワリだけでも。（勝子から紙束を受け取り）あんたが喜ぶと思うたんだりが、そんがら言うんならこいを読みくさって自分で決めればええがっさ……。

竹男、フジオに紙束を――

竹男　大介さんの人生だり……。
フジオ　（受けとりながら）僕は大介なんちゅう名前ではありません……僕ん名前はフジオだり。

一同　（微笑んで）不死身のフジオがっさ。
一男　……。
フジオ　（どういうつもりか）おめでとさん……。
チナツ　（一男の方を見て）ありがとさん……。
ねえ見て……あん雲。（と空を指す）

皆、日暮れてゆく空を見上げる。
音楽、静かに。

佐久間　しびれ雲だり……。
ナミコ　きれいだりね……。
富子　きれいだり……。
勝子　来年はええ年になるとええねえ……。
竹男　そうだりね……きっとなるがっさ。
やよい　どんがらええことあるだりかね……？
万作　きっと来年は――

フジオが小さく歌を歌い出すので、万作、言葉を切る。

271　しびれ雲

フジオ　♪浮かぶ小島の　その上を
　　　　　小島飛び交い　恋の歌
一同　……。
フジオ　♪僕だけの　君の顔
　　　　　青空に　浮かべ遊んだ

フジオ、海に向かって、持っていた紙束をバラ巻く。
紙束はヒラヒラと空に舞い、すぐに消えて行った。

フジオ　♪ああ幸せの　波はそよいでる

皆、フジオに続けて歌う。

一同　♪ああ幸せの　波はそよいでる

梟島の人々の歌声が空に轟いて——

了

舞台写真撮影：引地信彦

あとがき

中学二年生の時だったと思う。

銀座の並木座だったかで、小津安二郎監督の映画を初めて観た。『秋刀魚の味』だったか『秋日和』だったか。退屈で眠ってしまった。中学生は小津映画を観ると寝る。高校生でもそうかもしれない。テンポは緩慢だし、娘が嫁にいくだのいかないだのと、いい歳した親父たちが料亭で酒を飲みながら話しているだけの（ように感じる）映画なんて、青春真っ只中の男子には興味がもてなくて当然である。

小津が作ってきた映画が、実はとんでもなく味わい深いものだと気づいたのは30代も半ばを過ぎてからのことだった。だからと言って、その頃の私は、（すでに多様な趣きの舞台を作り始めてはいたが）「小津映画のような」演劇を作ろうとは考えなかったし、作れるとも思わなかった。観るものと作るものは違うのだ。

数年後、40を超えた頃、主宰する劇団に書き下ろした『消失』（２００4年初演・２０１5年再演）という芝居で、私は野田高梧が書いた小津映画の台詞を引用した。『消失』は善意がもたらす悲劇を描いた近未来のディストピア譚である。言ってみれば「ヘタに善意なんかもったってロクなことにならない」というシニカルな視線で書いたものだ。不器用な善意が、歪曲されて悪意として受けとめられる。或いは、善意を羨むあまり悪意が生じる、そうした局面が物語を嫌ぁな方向へ嫌ぁな方向へと導いてゆく。そんな構造だった。

件の引用台詞は、劇のクライマックスとも言えるシーンにおいて、まず「弟」の口から「兄」に向けて発せられた。映画においては『晩春』（1949）の終盤で、残される「父」（笠智衆）と嫁にいく「娘」（原節子）とで交わされる会話である。詳しくは双方のシナリオ、戯曲をお読み頂くなり、映画、舞台DVDをご覧頂くなり、して頂くとして、ともかく、当時の私は、その台詞が語られた映画とは多分に異なる響きを以てしか、野田と小津の台詞を扱えなかったということが言いたい。

で、それからさらに二十年近くが経つ。その間の私に何があったのかを書くと、このあとがきはあとがきではなく自伝になってしまうから書かないが、いっぱしにいろいろあったのだ。いろいろあって、『消失』を書いた頃のような見方で世の中を眺めるのには飽きていた。還暦を目前に控えていた私は、もう一度、今度は人の善意を、ちょっとどうなんだと思うくらい「肯定的に」描いて50代を締め括ることにした。それが本作『しびれ雲』である。

この作品における善意は、登場人物たちによって概ね真っ直ぐに発せられ、概ね真っ直ぐに受け取られる。その際、彼ら彼女らは逐一「ありがとさん」と謝意を言葉にし、相手を傷つけた、申し訳ないことをした、と思えば、すぐさま「ごめんちゃい」と謝る。中には素直になれないチナツと文吉のような人物も登場するが、このふたりも、物語の最後には心の底から「ごめんちゃい」と言い合う。

感謝の言葉と謝罪の言葉が、これほど真っ直ぐに飛び交う戯曲を書いたことはなかった。言うまでもなくイメージの原点は小津安二郎の映画にある。

お爺さんと呼ばれてもいいような年齢に差し掛かった私が、人間を、世の中を、肯定的に考えるようになったなんて思われると、少々困惑する。むしろ逆だ。絶望していた。せめて、せめて創作世界の中だけでも、という気持ちで書き進めた。つまりこれもひとつのファンタジーなのである。せっかくの清々しい読後感に水を差したなら申し訳ない。

『しびれ雲』の登場人物たちがひどく羨ましく思えるのも事実だ。お爺さんに近づけば近づくほど、できるだけ他人には優しく接したいと心掛けつつも、ついつい冷たい態度をとってしまったり、非情で独善的になってしまったりもする不出来な己である。自分が書いた人物や、あの人たちのコミュニケーションに対し、おかしな話であるが、尊敬もし、憧れもしている作者なのだった。

最後に「梟島弁」についても触れておくとしよう。

「梟島」は、ウディ・アレンの『カイロの紫のバラ』の翻案作品『キネマと恋人』（2016年初演・2019年再演）で物語の舞台に設定した、日本であることはたしかだがどこに位置するのかは判然としない孤島である。「梟島」の人たちは皆「梟島弁」を話す。言うまでもなく創作方言である。『キネマ〜』とまったく異なる世界観の作品で再び梟島の人々を描き、梟島弁で会話を紡ぐのも楽しいのではないかと思った。もしかしたら善意云々よりもそちらの発想の方が先だったかもしれない。

いずれにせよ、梟島弁には善意の会話がよく似合う。

活字で読むのは、慣れぬうちは少々難儀かもしれないが、慣れると、これほど気持ちのいい言葉はない。上演後二年を経た今でも、わが家では謝罪の言葉は「ごめんちゃい」である。本当に。

最後の最後に、上演後二年も経た戯曲の出版を英断してくださった論創社の森下雄二郎さんに、心より感謝を捧げます。本当にお待たせしてしまった。ごめんちゃい。ありがとさん。

二〇二四年十二月

ケラリーノ・サンドロヴィッチ

◇上演記録

KERA・MAP #010「しびれ雲」

【公演日時】

２０２２年

【東京公演】11月6日（日）～12月4日（日）下北沢 本多劇場

【兵庫公演】12月8日（木）～12月11日（日）兵庫県立芸術文化センター 阪急 中ホール

【北九州公演】12月17日（土）～12月18日（日）北九州芸術劇場 中劇場

【新潟公演】12月24日（土）～12月25日（日）りゅーとぴあ 新潟市民芸術文化会館・劇場

【キャスト】

フジオ……井上芳雄

石持波子……緒川たまき

門崎千夏……ともさかりえ

占部新太郎／沼田の奥さん……松尾 諭

石持勝子……安澤千草

縄手万作／坊主／甘味処の婆さん……菅原永二

縄手やよい／舟に乗る女性……清水葉月

石持富子／並木（菊地家の女中）……富田望生

菊地柿造……尾方宣久

石持伸男……森 準人

石持一男／輝彦……石住昭彦

佐久間一介……三宅弘城

石持竹男／権藤……三上市朗

門崎文吉……萩原聖人

劇中曲歌唱……山田参助

【スタッフ】

作・演出：ケラリーノ・サンドロヴィッチ

美術：柴田隆弘
照明：関口裕二
音響：水越佳一
音楽：鈴木光介
映像：上田大樹
振付：小野寺修二
衣裳：黒須はな子
ヘアメイク：宮内宏明
演出進行：松倉良子
舞台監督：松下清永　福澤諭志

企画・製作：キューブ

ケラリーノ・サンドロヴィッチ
KERALINO SANDOROVICH

劇作家、演出家、映画監督、音楽家。

1963年東京生まれ。1982年、ニューウェイヴバンド「有頂天」を結成。ボーカルを務め、'86年にメジャーレーベルデビュー。インディーズブームの真っ只中で音楽活動を展開。並行して運営したインディーレーベル「ナゴムレコード」は、たま、筋肉少女帯、人生（電気グルーヴの前身）らを輩出した。'80年代半ばから演劇活動にも進出。劇団「健康」を経て、'93年に「ナイロン100℃」を結成。結成30年以上になる劇団のほぼ全公演の作・演出を担当。また、自らが企画・主宰する「KERA・MAP」「ケムリ研究室」（緒川たまき氏と共同主宰）等の演劇活動も人気を集める。'99年、『フローズン・ビーチ』で岸田國士戯曲賞受賞。ほか'16年上演、『キネマと恋人』『ヒトラー、最後の20000年〜ほとんど、何もない〜』にて第51回紀伊國屋演劇賞個人賞、『キネマと恋人』にて第68回読売文学賞戯曲・シナリオ部門賞、『8月の家族たち』にて第24回読売演劇大賞最優秀演出家賞、'18年上演『百年の秘密』（再演）にて第26回読売演劇大賞最優秀作品賞・優秀演出家賞など受賞歴多数。'18年秋、紫綬褒章を受章。

音楽活動では、ソロ活動や鈴木慶一氏とのユニット「No Lie-Sense」のほか、2014年に再結成されたバンド「有頂天」や「KERA & Broken Flowers」でボーカルを務め、ライブ活動や新譜リリースを精力的に続行中。Xアカウントは「@kerasand」。

◉この作品を上演する場合は、必ず、上演を決定する前に下記メールアドレスまでご連絡下さい。

上演許可申請先：株式会社キューブ
E-mail webmaster@cubeinc.co.jp
TEL 03-5485-2252

しびれ雲

2024年 12月25日　初版第1刷印刷
2025年 1月3日　初版第1刷発行

著　者　ケラリーノ・サンドロヴィッチ
発行者　森下紀夫
発行所　論 創 社
東京都千代田区神田神保町 2-23　北井ビル
電話 03（3264）5254　振替口座 00160-1-155266
版画　青木鐵夫
装丁　榎本太郎
組版　加藤靖司
印刷・製本　精文堂印刷
ISBN978-4-8460-2228-0　